散歩哲学

よく歩き、よく考える

島田雅彦
Masahiko Shimada

ハヤカワ新書 021

プロローグ

チャランポラン

たとえば、午後三時半。その日の仕事が片付き、ポッカリと時間が空いたとする。何処へ行ってもいいし、何をやってもいいとなれば、用や意味がなくても、自ずと、ふらふらすることになる。それが自然の成り行きというものである。人の身体はそのようにできている。移動の自由の行使は本能に由来するといってもいい。**移動の自由はたとえ国家や社会、支配者からそれを制限されたとしても、決して譲り渡してはならない権利である。**私たちは飢餓や暴力の恐怖に晒されたら、今いる場所から逃げ出す権利を持っている。差別やいじめに遭ったら、その不愉快な境遇から抜け出す自由を持っている。散歩はその権利と自由を躊躇なく行使するための訓練となる。

運動不足解消のために中高年がやっているウォーキングと一線を画すために、あえて徘徊と呼んでもいい。用もなく、ほっつき歩くことをペルシャ語では「チャランポラン」という。まるで自分の態度や生き方にも当てはまるコトバだが、漠然とどこかをほっつき歩きたい時の精神状態は確かに、「チャランポラン」という表現がふさわしい。

会議をサボり、仕事も途中で投げ出して、気ままにぶらつきたい。そう思わない人がいるだろうか？　徘徊は太古からの人類の習癖だ。ヴェネチアやフィレンツェ、プラハなどヨーロッパの古都は、人々が意味なくほっつき歩くために設計されたとしか思えない。その証拠にどの町にも徘徊者同士が出会う広場があり、すれ違う橋がある。今述べた小さな町では見知らぬ徘徊者同士が一日に三回顔を合わせることも珍しくない。

日頃から「退屈な仕事に忙殺されて暇がない」という状態で生きている者はなおさら、暇な時間を自分の楽しみのためだけに費やし、退屈を忘れたいと思う。だが、暇と退屈を自由気ままに使いこなすのは、案外難しい。ブルシット・ジョブに慣れ過ぎた身体をいざ気ままに動かそうとしても、なかなかうまくいかなかったりする。**散歩は暇を潰し、退屈を埋めるための最も基本的な行動である**。誰かのせいで暇を奪われ、退屈を強いられているなら、自分を解放するために最初に取るべき行動、それが散歩である。

散歩にはお供が欲しい。しかし、巷の人々はまだ仕事の真っ最中で、急ぎ足で目的地に向かったり、会議や打ち合わせの最中だったりするので、誰も私の徘徊に付き合ってくれない。**暇人は孤独なのである**。下町を一人で徘徊していると、自分にはその気がなくても、背中に哀愁が漂ってしまうらしい。そんな背中を他人に見られたくないという時に電話一本で馳せ参じてくれる友人は何人くらいいるだろうか？　アカサタナの順に、突然の誘いに応じてくれそうな人を探しにかかる。Aはきっと締め切りに追われているだろう、Bは午後八時過ぎまでは身動きが取れないだろう、Cは家が遠いから億劫（おっくう）がるだろう、などとそれぞれの都合を配慮しながら、候補を絞り、順に電話をかけてみる。

――これから赤羽に昼飲みに行かないか？

「なぜ」と聞いてくる相手は望み薄だ。用もないのに呼び出すな、と内心思っていることは間違いない。「行きたい」という返事は悪くないが、実際には行けないことが多い。私は「一時間後なら」という答えを期待しているが、なかなかそうはいってくれない。「もっと早くいってくれれば、都合をつけたのに」という人もいるが、残念ながら、先週はその気にならなかった。

　贅沢をいえば、若いイケメン二人を太刀持ち露払いに仕立て、横綱みたいに颯爽と町を行き、気取った通行人たちの注目を集めたいところだが、結局、徘徊のパートナーは現れず、一人で出かけることにする。ほっつき歩く場所がいつも同じでは飽きてしまう。できれば、行ったことのない町に我が身を放り出して、一番街とか何とか銀座と名付けられた商店街をそぞろ歩きたい。よそ者なのに、地元民のふりをして。当然、犬も歩けば棒に当たる。居心地がよさげな居酒屋、怪しげなスナック、主婦が行列している惣菜の店、いつからそこにあるのかよくわからない地蔵や稲荷神社……よそ者の目にはどれも意味深で、魅惑的で、謎めいている。

ともあれ、通りすがりの店に飛び込み、気付のビールを飲む。下町は四時頃から居酒屋が開いている。場所によっては朝から営業中で、謎の遊民たちがテーブルに陣取り、酎ハイのお代わりなどしながら、東スポを読んでいたりする。私は寡黙に、しかし愛想よく、客と主人の会話を聞いている。そして、その町の人々の暮らしぶりが伝わってきたら、私の徘徊の使命の一つは果たされたことになる。

飽きたら、また次の店へ。今度は小綺麗な構えの、白木のカウンターがある店で刺身などつまみ、腹が満ちたら、怪しげなスナックを覗いてみる。たまたま銭湯の前を通りがかったら、一風呂浴び、「チャランポラン」を続ける。

心にゆとりがないと、ヒトは気宇壮大なことは考えられないし、未来を設計したりもできない。一個の脳で考えられることには限界があり、他人の脳味噌を借りる必要がある。本日も初めて訪れる街や見知らぬ他人からインスピレーションをもらうために徘徊に出かける。お供がいなくても、本書があなたの手を引く。

よく歩く者はよく考える

昔から思索家はよく歩く。哲学者然り、詩人然り、小説家然り、作曲家然り……よく歩く者はよく考える。よく考える者は自由だ。自由は知性の権利だ。

カントの日課は朝起きて、紅茶を飲み、煙草を一服し、軽い空腹状態で生涯を送った町ケーニヒスベルクの森をそぞろ歩くことから始まった。『永遠平和のために』という晩年の著作も、旅先のオランダで散歩中に旅館の看板に「永遠平和」とあったことから着想したという。そのように偶然目にしたものから、インスピレーションを得ることがある。

詩人もまた、商人のようによく歩いた。「恋愛」を発明したのは、吟遊詩人だった。詩人は単に詩を作るだけでなく、自らの足と声でヨーロッパを歩き、コトバの呪術を広めた。その意味で、彼らはメディアでもあった。

古代の英雄叙事詩『オデュッセイアー』の一万二〇〇〇行も吟遊詩人によって、各地で朗誦され、約二〇〇〇年かけて、人気演目となったのだった。また彼らはアラブ世界の知と美の体現者でもあった。彼らは地中海を越えて、アラブの知的伝統をヨーロッパに持ち帰り、それぞれの故郷の言語に翻訳し、ルネッサンスの下地を作った。

ダンテもそんな吟遊詩人の一人である。彼は故郷のフィレンツェを追放され、永遠の恋人を思いながら、流浪の半生を送ったが、一方言に過ぎなかったトスカナ語で綴った『神曲』はのちに自分を追放した法王庁の喉元に刃を突き付けることになった。

人は誰しも左右一対の脳を持っているけれども、その脳を常に刺激し、快楽で満たしてやらなければならない。知的営みは恋愛に似ている。恋愛がDNAの多様性を求める本能に動かされて、相手を選ぶように、知性も異質なものから刺激を受け、自らを試練にさらすようにして成長する。だから、**思索家は好んで、自らを異郷に置いてみたがるし、さまざまな他者と対話を試みるし、奇妙なもの、わけのわからないものを目の前にして驚きたがる。**

どれだけ突飛な発想ができるか、そしてそれにどれだけ説得力を持たせることができるか、アーティストとアスリートという人種はそれを自らの肉体や脳を用いて実験する。その意味でアーティストにはアスリートにも通じるところがある。アカデミズムは「要素還元」的な学問風土の下、専門の枠内に学者を囲い込んできた。しばしば、わからないことは追求しない、関係のないことはしない、回り道を避けるといった態度を取る。だが、それは知的怠慢をもたらしかねない。むしろ、わからないことを追求し、関係のないことを積極的にし、回り道を重ねる方がもたらされるものは多い。**学者もアーティストも自分のフットワークを鍛え、その落ち着きのなさ、挙動不審ぶりを誇るべきだろう。**脳に忠実な生き方というのがあるとしたら、その雑食性にとことん付き合うという態度に現れる。

作家の古井由吉氏も、散歩を創作上、必要不可欠なものと位置付けていた。亡くなった後に御宅を訪問し、夫人に生前の生活ぶりを聞いたことがあるが、古井氏は一日に二度の散歩を欠かさなかったという。やはり彼も散歩途中に過去の出来事や交わりを持った人々を思い出し、現在に過去を重ね合わせ、現世にあの世を介入させていた。古井作品の多くも、日々の散歩での発見の積み重ねであり、その集大成だったといえる。夜は読書の時間に充てたそうだが、書斎に並んでいた本は、煙草のヤニで茶色く変色した「古代ギリシャ悲劇」の原書だった。その前は「唐詩選」などの漢詩を原文で読んでいたという。

読書も、テキストの森に踏み込み、コトバと出会い、刺激を受けるという意味では、散歩なのである。そして、散歩は街や山谷に埋め込まれた意味やイメージを発掘するという意味では、読書なのである。古井氏は遠い過去の文献をオリジナルの言語で読んでいた。やはり翻訳では伝わらない言霊のようなものがあって、それに触れるために原文に当たっていた。辞書を引きながら一句一句の原義に触れながら、二四〇〇年前と一三〇〇年前の作者と直に対話していた。それは一種のタイムトラベルの経験でもあった。

現代人のリハビリテーション

散歩に出れば、日々、むき出しの現実、不確定な他者と出会うことができる。直接、生身と向き合うがゆえに、他者の未加工の感情、その人が体内に囲っている微生物や菌にまで触れることとなる。生の現実、生身の他者からしか得られない、はるかに多くの情報に塗(まみ)れることになる。

現代は思考の効率や合目的性が重視され、今すぐに使える情報ばかりが求められている。スマートフォンを片手に何事もショートカットで済ませ、寄り道を避ける傾向はより顕著になった。しかし、知性や教養というのは、いかに無駄な知識を溜め込んでいるかということに尽きる。スマートフォン経由で得られる情報など今すぐ手に入るので、誰でも知っている。しかも、九割以上が既に垂れ流された情報の引用、盗用に過ぎず、フェイクやデマばかりだ。ＣｈａｔＧＰＴを使えば、もっともらしい、平均点以上のレポートや報告書、感想文は書けるし、既視感あふれる詩や小説も捏造できるが、その産物からは感情や善悪が欠落している。そもそも生成ＡＩには無意識の領域がなく、夢も見なければ、妄想もしない。そのくせ人間同様、デマを流したり、フェイクを作ったり、すぐバレる嘘をついたりする。いっそ、人の手を煩わさなくてもいい仕事を全て生成ＡＩに押し付けて、空いた時間に散歩にかまけるのが最も賢い選択となるのではないか。

外を歩いていても、スマホを手放せない私たちは、本来の散歩の仕方を忘れてしまったので、それを取り戻すためのリハビリテーションが必要である。

本書は歩きながら考える「散歩哲学」を提唱する。カントもルソーも散歩の達人で、その日々の散歩中の思索から先駆的な社会思想、平和論、教育論を打ち出した。その顰(ひそ)みに倣い、読者を思索の森への散歩に誘う。

目次

第1章

人類史は歩行の歴史

直立二足歩行が進化のきっかけ

人類の身体的特徴の中で最も目立つのは、直立二足歩行ができる長い脚である。いくら短足を気に病んでいても、類人猿よりは長い脚を持ち、手を使わずに大股で長く速く歩行することができる。私たちにとって二足歩行はあまりに自然なので、身体が歩行に適する形で進化してきた過去をつい忘れてしまいがちである。

ギリシャ悲劇『オイディプス王』にはあまりに有名なエピソードがある。テーバイを襲った災厄を解くにはスフィンクスが投げかけた謎を解かなければならない。生まれた時は四つ脚で、成長すると二本脚で、老いると三本脚で歩くものは何か？

答えは人間なのだが、この謎かけは人間が自力で歩けない不完全な形で生まれ、杖を必要とするようになるとやがて死ぬというライフサイクルを思い出させもする。生きている限り、歩き続けなければならないのが人の定めなのである。**たとえ、杖や車椅子を使っても、移動の自由と権利だけは手放してはならない。**

類人猿の足は、木の上で枝を摑めるように、手と同じような親指のつき方をしている。また全体重を支えながら枝伝いに移動するため、長い腕と逞しい胸筋、背筋を持っている。木の上で暮らすには強靭な上半身が必要なのだ。オランウータンの握力はおよそ二〇〇キロ、ゴリラに至っては四〇〇〜五〇〇キロだというから、握力七〇キロの元横綱白鵬の三倍から七倍もある。彼らと素手でやりあったら、確実に負けるが、逃げ足では勝るかもしれないので、早めに退散した方がよい。

猿は木の上ではアクロバティックな動きを見せるが、地上を歩く姿はぎこちない。オランウータンやゴリラは二足歩行ができなくはないけれども、千鳥足のようにおぼつかない。一方、私たちは直立二足歩行で、ごく自然に長距離・長時間を歩くことができる。人類はいかに下半身頼みであるかを、今一度思い出すべきなのである。

人類学上の定説では、直立二足歩行で長距離のスピーディな移動が可能になったのは、足の親指の奇形のおかげだという。陸上競技の経験者はよくわかるだろうが、速く走る時の足さばきというものがあって、足の親指で強く地面を蹴り出す力が重要である。この独特な蹴り出しを繰り返すうちに、アキレス腱と臀部の筋肉が発達し、より速く走れるようになっていく。それに連動するかたちで土踏まずが形成された。あのアーチ上になったくぼみは車の板バネのように働き、身体を前に押し出すのに有利に働いている。一方、類人猿の足の裏を見ると扁平足である。

土踏まず、アキレス腱、ふくらはぎ、太腿や臀部の筋肉が発達し、体重の約半分を占める強靭な下半身が形成されると、類人猿とはまったく違うライフスタイルを獲得することとなった。つまり、森を出て、アフリカのサバンナという天敵の多い地にデビューしたのだ。速く移動できたことは、狩りの成功率を高めたり、外敵から身を守ったりする上で役立ったことだろう。陸上競技やサッカーのアスリートの先祖もサバンナに出現したのである。

さらには直立二足歩行を始めたことによって、手持ち無沙汰になった両手を非常に器用に使いこなすようになった。その手先の訓練を通じて器用さを獲得し、手の延長上に当たる道具の発明に繋がったのだった。狩りの道具としての弓矢、調理器具としての石器、土器のみならず、装身具やアートをも開発した。複雑な手作業の刺激によって脳の発達と進化も促されたということだ。それらを一直線に並べて考えれば、直立二足歩行こそが、人類の進化のきっかけとなったといえるだろう。

私はそれを知ってから、下半身――足の親指、土踏まず、アキレス腱、ふくらはぎ――が急に愛おしくなった。**足裏マッサージに行くと、進化の鍵を握った足の裏を丁寧に揉みほぐしてくれる。**「あいたた！」と痛覚を刺激されながら、人類の進化の歴史に思いを馳せるのである。

散歩と履物の関係

散歩するのにわざわざハイヒールや革靴を選ぶ理由はないが、一時期好んでチロリアンシューズを履いていたことがある。理由は単純で、野山もオフィス街も歩けるからだった。足の指や足の裏の感覚を呼び覚ますために、この際、さまざまな履物を試してみてもいいだろう。散歩に最適な靴の条件の一つは、ソール越しであっても、地面をグリップする感覚が生きていることだ。その点、やはりスニーカーは優れている。靴の中で足の指の可動性が確保されていて、足の親指に入れた力がしっかりとソールに伝わるようになっていれば、自ずと走り出したくなるものである。

もちろん、歩くことのメカニズムを自分の身体を通じて感知するのには、裸足で歩くのが一番よいのだが、現代人の足の裏は桃の皮のように傷つきやすいので、裸足に近い履物を何種類か試してきた。たとえば、地下足袋の底は非常に薄く、裸足に近い。高所で作業するとび職の人々が履いている特殊な履物で地面の感触を感じ取りやすい。実際に履いて歩いてみると、確かに足裏から触覚的に街を感じる不思議な経験だった。カンフー・シューズも似たようなものだが、どちらも長距離を歩いているとすぐくたびれてしまう難点がある。

下駄や雪駄も短距離の散歩なら趣向が変わって面白い。一歩ごとに独特の音が出るので、リズムにも乗りやすい。その履き方や歩き方には格好の付け方があり、江戸っ子によると、雪駄は鼻緒にあまり深く指を入れないで、ちょっとだけひっかけ、かかとをはみ出させながら、シャリシャリと引きずって歩くのが「いなせ」なのだという。ちなみに雪駄は千利休の発明だとか。**江戸時代の旅人は足袋に草鞋で一日四〇キロを歩いていたが、足の裏や指の股がどれだけ丈夫だったのか？** 現代人が同じ履物で日本橋から東海道を歩き始めても、品川まで持たないだろう。草鞋の場合は足の指先がはみ出るので、傷だらけになるのは確実だ。ほかにもビーチサンダル、ゴム長靴、安全靴などがあるが、時々、普段履き慣れた靴でない履物で歩くと、ホモ・サピエンスが自明の理としてきた直立二足歩行の感覚を認識し直すことができる。

メキシコの映画『ロレーナ：サンダル履きのランナー』は山岳地帯で静かに暮らすメキシコ先住民族ララムリの少女、ロレーナ・ラミレスのドキュメンタリーだ。彼女は学校に行くにも数時間の道のりを歩く必要があった。現地の人々は足が丈夫にできていることに加えて、普段から高地トレーニングもできているから、歩くのも走るのも得意なのである。彼女はサンダル履きでウルトラマラソンを走って優勝し、世界屈指の長距離ランナーとなった。優勝の記念にランニングシューズを貰ったのだが、足が痛くなるかもしれないとか、もったいないなどとあれこれ理由をつけて、サンダルで走ることにこだわるのが面白かった。

人類の驚くべき大移動

アフリカ大陸にいた人類共通の祖先は、直立二足歩行により移動の自由を獲得してからは世界各地へ散らばった。まず、アフリカ大陸を出た人類は二〇万年ほど前に現在のシリアやイラク、古代メソポタミア文明が成立した地域に到達し、そこを起点として、西に向かう一団はヨーロッパへ、東に向かう一団はアジアへと拡散していった。ヨーロッパの祖先としては、ピレネー山脈などに定住したクロマニヨン人が有名だが、彼らはホモ・サピエンスである。ヨーロッパでは長らくネアンデルタール人が共生していた。東に向かった一団はヒマラヤ山脈を迂回するため、南北二手のルートに分かれた。南方ルートはインドから海伝いに移動していった。いわば海洋民族の祖先となった人々で東南アジアや南太平洋の島々にも拡散していった。**日本列島の先住民も南ルートで東南アジアからやってきたと思われる。縄文人のDNAを分析すると、現代のラオス人と近いということからも裏付けられる。**

北方ルートは、ヒマラヤの北方をまわり、中国、シベリアを経由する。シベリアの非常に厳しい気候の中では、寒冷地適応をする必要があっただろう。獣の皮をまとって防寒するといった服飾文化の発展も不可欠だった。

そしてベーリング海峡の凍った海を歩いて渡ることで北米大陸に進出した。よくあんな過酷な環境の中を行ったものである。いくつもの非常に厳しい条件をクリアする必要があったが、それは生活のためでもあった。自然の中から獲物、食料を得る狩猟採集生活を支えるためにはかなり広大な面積の森が必要だった。より豊かな新天地を求めて移動し続けなければ、集団の生活を支えられなかった。生物界における生息域拡張を人間はほかのどの動物よりも大胆に行ってきたのである。

直立二足歩行は、人類を世界の反対側の途轍もなく遠いところにまで運んだ。私たちはとんでもない足を持ってしまったのである。何世代も何十世代もかけて、ひたすら新天地に向かって移動していく旅だったといえる。旅というコトバには、出発地点に戻ってくるニュアンスが伴うが、それは定住生活が前提の旅の場合であって、狩猟採集時代の旅は行きっぱなしだった。文字通り、**「旅人帰らず」の原理により、人類はアフリカから南米大陸の南端まで地球上にあまねく拡散することとなった。**（参照：『人体600万年史――科学が明かす進化・健康・疾病』ダニエル・E・リーバーマン　早川書房）

自然淘汰も適者生存の結果論に過ぎない

現世人類はホモ・サピエンスと呼ばれる一種のみで、ネアンデルタール人などホモ・サピエンス以外の種は、生存競争に敗れ、滅亡したという説で説明されることがある。つまり、現在地球上に蔓延(はびこ)っているのは肉食系の人類の末裔であって、その他の絶滅した種は殺戮され、食べられ、駆逐されたというのである。確かに肉食動物は多少知恵が発達し、自分が生きていくために彼らを餌にしていたという事情もあったかもしれないが、**適者生存や弱肉強食の論理は、自然界の絶対の法則とはかけ離れている。**そうした考え方は俗流ダーウィニズムと結びついており、かつては帝国主義の正当化にも使用された。現代においては、新自由主義下における搾取や貧富の差の拡大を肯定する言説にも繋がりうる。未だにそれに固執しているのは、自分が勝ち組だと信じ、負け組になることを極端に恐れている人くらいだろう。

そもそも、自然淘汰とか、適者生存という考え方も矛盾を孕(はら)んでいる。この場合、自然も、適者も主語ではない。自然が淘汰するのでも、適者が生存するのでもなく、結果からみれば、自然に淘汰されたとしかいえず、結果的に生き延びたものを適者と呼んでいるに過ぎない。

絶滅したネアンデルタール人について明らかになったことがある。二〇二二年にノーベル生理学・医学賞を受賞したスヴァンテ・ペーボは、ネアンデルタール人のDNA配列を解読し、ホモ・サピエンスとネアンデルタール人が交配していたことを示した。昔の定説では、ネアンデルタール人はホモ・サピエンスによって駆逐されたと考えられていたが、その実、ホモ・サピエンスのDNAの中にその痕跡があるので、思ったよりも平和的な共生が行われていたということが今では定説となっている。

もし古来、生存競争が徹底されていたとしたら、最後の一人になるまで殺戮が続けられ、文明などとっくの昔に滅びていたに違いない。そうなっていないのは、**弱肉強食は不経済で、リスクが伴うから、共生の道を探ろうという本能が働いたに違いない。**

古今東西の神話には戦争にまつわるエピソードは多いが、平和や共生にまつわる思想は戦争の経験に根ざしていることがわかる。平和と共生の知恵は権力への異議申し立てや権力そのものの放棄につながる。イエスやブッダの教えがまさにそれに当たるが、民を戦争に駆り出したい権力者にしてみれば、抑圧すべき思想ということになる。資本主義は食うか食われるかの競争で、本来は自由や平等とは相容れない原理かもしれないが、国家が資本主義の不備を補う社会民主主義的政策やマルクスを読み替え、不平等を是正する営みはずっと続けられてきた。自由と平等への希求というのは、今でも万人の本能に根深く刻みつけられているのである。（参照：『ネアンデルタール人は私たちと交配した』スヴァンテ・ペーボ　文藝春秋）

両手を使った道具の発明

人類は直立二足歩行によって手持ち無沙汰になった両手でさまざまな遊びを発明したに違いない。森の中を歩きながら、意味もなく草をちぎったり、木の枝を折ったりし、ちぎった葉っぱの匂いをかいだり、葉の裏の昆虫を捕まえてみたり、キノコや木の実を拾い集めたりしただろう。手頃な枝を拾い、杖にしたり、振り回して枝をたたいて、木の実を落としたりする中から道具が生まれたのだ。

人類が作った道具といえば、歴史的には打製石器から始まる。石が落ちていれば、誰だって拾ってもてあそんでみたくなり、所構わず投げてみたくなるに違いない。やがて石が割れ、鋭利な断面が現れると、何かを傷つけてみたくなっただろう。どこかの段階で、刃物のように使えるという発見があったわけだ。

やがて目的意識を持って加工することを覚え、磨製石器が生まれた。黒曜石のような、鋭利な断面が得られやすい素材が良いという発見もあっただろう。鹿の角などを使って、うまく圧力をかけることで剝離し、丹念に綺麗な刃の断面を成形していくなどして、石の加工技術は進歩していき、さらに高度になってくると、鏃（やじり）や石包丁まで加工するようになった。原始的な農業の時代において、アワやヒエなどの穂先を刈り取っていたのだ。

次に画期的だった道具として、土器がある。粘り気のある粘土は世界中にあるから、人々はそれを手で捏ねるという作業を始めた。これも一回始めると、病みつきになっただろう。創意工夫の喜びを噛み締めながら、一心不乱に土を捏ねたと思われる。ギリシャ語には「テクネー」という言葉がある。英語の「テクニック」の語源に当たるが、まさに**「テクニック」は「手捏ね（てこね）」から始まったのだ。**

火を熾すのも手作業によって可能になったのだが、土を捏ねて作った器を焚き火に投じることで土器は生まれた。土器は土で火を消す過程からの偶然の産物だった。水を貯めることができ、しかも、煮炊きすることもできるようになった。生では食べられないものを茹でることで食べられるようにする本格的料理文化が成立した。また栗や芋、雑穀などを作る原始的な農業も始まり、維持できる人口が増え、「食料革命」と呼ぶべき事態が発生したのだ。

いくらテクノロジーが進化したとしても、人間の身体は何万年も変わっておらず、依然、プリミティブである。とびきり進化した人間がいるわけでもなく、脳の容量も手脚の長さも、大して変わらない。この点に関しては人類は極めて平等である。放っておけば、古代人と同じことをやり始めるところも共通している。手持ち無沙汰になった現代人は、その本能に忠実に、先祖返りして、スマホの四角い液晶画面にかまけているのだ。スマホ一台の中に一九八〇年代当時のスーパーコンピューターよりも優れた機能が詰まっているというが、これほど人類の手持ち無沙汰対応をしている機器は他に類例がないほどだ。しかし、せっかく外を歩いているのに、外界の刺激を遮断するかのようにスマホの小さな画面に釘付けになっている人を見ると、これまで何回犬のうんこを踏んだか訊ねてみたくなる。ただ、歩きスマホをする人は道にうんこが落ちているとは思っていないし、ひったくりや通り魔に襲われる心配はしていないだろう。

自然と対話すること

　縄文時代にあっても、我々の想像以上に広い範囲で交換経済が成立していた。石器の鏃は日本各地で出土するが、その原料となる黒曜石は何処にでもあるわけではなく、伊豆諸島の神津島産のものが広く分布している。

　また考古学の調査で遺跡を発掘すると、そこから出てきた人糞の化石などを分析することで、当時何を食べていたかがわかる。鯛が獲れない北方でも鯛の骨が出るし、海から離れた山間部でも糞石から魚介類の痕跡が出るので、遠隔地にまで流通網は広がっていたであろうし、干物などの加工食品が縄文時代にはすでに流通していたという証になる。縄文時代にはすでに行商人の先祖がいて、交易ネットワークを形成していた。

　私が育った多摩丘陵は宅地開発に伴い、広範囲で縄文遺跡が発掘された。数が多過ぎるのと、開発優先だったので、遺跡として保存されることもなく、それこそ縄文土器の破片は小学生たちのあいだで拾い放題だった。

　縄文人は「遊び人」であったといわれている。狩りに従事していた時は血眼になっていたかもしれないが、それ以外の「オフ」の時は森で遊んでいたのだろう。当時は時間の感覚などないに等しく、天体の運行や日の浮き沈みを目安にはしていたが、一日に何度も寝たり起きたりを繰り返していたらしい。一方、産業社会に慣れ親しんだ私たちは、いつも時間に追われている。仕事や約束事などで予定は詰まっている。**規則正しく定時に起床して、定時に食事をし、定時に寝るといったライフスタイルを送っている。しかし、失職したり、退職したりした途端、縄文人と同じ時間軸に戻ることになる。**

森の中をふらふら歩いていれば、自ずと草木や野鳥や昆虫、キノコや苔、石や土、風や雨など自然を構成する多様なものに接することになる。坂や崖を登ったり、木に登ったりする、そんなイレギュラーな身体の動きもあるだろう。周囲には豊かな生態系があり、常に動物、植物、昆虫が身近に感じられ、あらゆる刺激に満ち満ちているので、一つ一つに関心を払っているだけで、無意識に自然との対話を行うことになるだろう。

鳥の声はあちこちから聞こえてくる。何度も聞いているうちに自ずと、何種類の鳥がいるのかを数えることになる。その鳴き声の特徴を摑んだら、物真似したくなる。そこから鳥との対話の回路が開ける。観察眼や観察「耳」が豊かだったら、それが言語のように聞こえるはずだ。古代人の自然との距離感は、現代人のそれより遥かに近かった。我々とは異なるセンシティブな観察眼を持っていて、今の生物学者や植物学者に匹敵するような経験知を持っていたのだ。実際、シジュウカラの言語を研究する若い動物学者がおり、その鳴き声には文法と意味が伴っていることを突き止めている。（参照：「〝博士が子どもだった頃〟Vol.1 動物言語学

「鈴木俊貴 博士」」https://www.nhk.jp/p/zero/ts/XK5VKV7V98/blog/bl/pMLm0K1wPz/bp/pJ68O13Oyn/）

現代人でも散歩をすると、自然と対話をすることとなる。うちの近所でも、時間に余裕がある年金生活者や私のような自由業の人間は、日課のように森の中を散歩している。ある時、老婆がタンポポの前に立ち止まって、孫に話しかけるように「こんなところに咲いていてご苦労さまね」と話しかけるのを見たことがあるが、これこそが最も原始的な華道なのではないのかと思った。花器に綺麗に生けることだけでなく、自然の方にこちらから出向いていき、しばし、野に咲く花を愛でるということをしているのだから。

鈍感になった現代人であっても、森を歩いているうちに「この場所は風通しがよく気分がよい」「この木や岩は何か他と違う」といったことは感じるはずだ。昔の人も同じように感じ、木に抱きついたり、石を撫でてみたりしたのだろう。その時、神が宿っているとの直感を抱くのである。

そうした**自然との対話こそが、最も古い宗教の形態である。**神社の始まりは、天然石や天然木を祀ったものである。霊的に敏感な人は特定の岩や樹木から何かを感じ取り、「神のお告げ」をもらったりし、神が降臨する場所や神の通り道と見做（みな）した。しめ縄などをして聖地認定し、そこに何度も足を運んでは祈ったり、神事を行ったりした。沖縄では御嶽（うたき）と呼ばれる場所がそれに当たる。

自然の中に暮らしていれば、自ずと神との対話が始まる。アニミズムにおいては、自然が神である。神との対話を誘発してくれるのが、散歩なのである。

何らかの外界からの刺激が入ってくれば、それだけで頭が働きだす。だから言葉の通じる対話の相手がいなくても、単にそこに花が咲いているだけで、面白い形の石が落ちているだけでよい。それらに刺激され、にわかに無意識が動きだし、思考が立ち上がる。古代人は自然との対話を通じて、脳の抽象化能力や象徴化能力を鍛えたと思われる。**散歩者はまさに古代人の足跡を辿り直すことになるのだ。**

ヴィクトール・E・フランクルの『夜と霧』にも自然と対話する女性の話が紹介される。アウシュヴィッツ強制収容所の塀の中で、彼女は窓から見えるマロニエの木と花をいつも眺めていた。「あの木が、ひとりぼっちのわたしの、たったひとりのお友達なんです」「あの木とよくおしゃべりをするんです」という。毎日、木に語りかけることで、自らの生存確認を行っていたのである。収容所の過酷な日々を一瞬でも忘れる時間を持ち、妄想の自由を行使し、生存のモチベーションを確認しつつ、心の平静を保っていた。

人はどんな逆境にあっても、またどんなに孤独であっても、対話の相手を見つけることができる。それが自分の影や手であっても、木や石であっても、立派な対話相手になりうる。教会で聖母マリア像やイエス磔刑像を前にして祈るのと同じように、森の中の神々しい岩や樹木に向かって祈ることもできる。すでにそこでは他者との対話が成立している。**人はいつでも宗教的な時間を持つことができる。**神に向かい合う回路が開ける者は強い。最終的にめげないのは、超越的なものに直談判できるコネを持つ者である。特定宗教の信者になる必要はない。**教祖の命令に従わなくても、教団に献金しなくても、自分専用の神を持つことができる。**

人間はさまざまなものを信用して生きているが、資本主義の世界では少なからぬ人々がカネを信奉している。しかし、カネに裏切られることは多々ある。一般賃金労働者だったら、信じていた会社や雇用主から裏切られることを前提としなければならない。妻や夫、恋人や親友も時と場合によっては裏切るかもしれない。貨幣や国家への信用、友人、家族との信頼関係が失われ、もう何も信じられないという状況になった時に初めて、人は自然という神への信仰に回帰する。自然＝神は裏切られた者に対する保険でもあり、捨てる神、拾う神の拾う神に当たるといってもいい。「国破れて山河あり」も、拠り所となる政治や経済が破綻した後、最終的に戻ってこられる場所は自然しかないということを意味する。もう一歩踏み込めば、「**自然は決して裏切らない**」といっているのである。ただ、最後の頼みの綱である自然＝神が環境破壊や放射能汚染によって不毛の地となり、砂漠化すると、唯一絶対神への信仰に誘導されるかもしれない。一神教は砂漠で生まれ、育まれてきたからである。

子どもの養育と歩行

現代人はなぜか極めて多忙である。常に効率主義、成果主義を求められるばかりか、無駄な会議や打ち合わせ、責任回避、リスク分散のための手続き、時間稼ぎの遅延、嫌がらせのクレームとその処理などどうでもいい仕事のとばっちりも受けているからだ。ブルシット・ジョブを削り、その分を創造的な回り道に充(あ)てたいところだが、寄り道や道草は遊んでいるように見えることもあり、「やってる感」だけで生きている者には評判が悪い。どう考えても、**「やってるふりして何もしない」よりは「遊んでいるように見えるが、何かやろうとしている」方が創造的に決まっている。**

子ども世界にも大人の都合、大人の事情が入り込んでいる。時間やスケジュールに縛られた子ども、回り道を嫌い、ショートカットばかり求める子どもが増えている。自分が父親になって思ったのは、子どもの頃から森の中で歩くことを習慣にして、外部から多様な刺激を受けながら、思考も多様化させることが教育上、極めて重要だということである。息子には回り道こそが創造的なのだと刷り込んでおきたいと思った。私も自分の仕事や飲み歩きのことを考えると都心に暮らす方が便利なのだが、妥協点を探って、都心に近く自然に恵まれた多摩丘陵に家を構えることにしたのだった。

子どもは生まれてから歩き始めるまでに一年ぐらいかかるが、その後は知性が飛躍的に発達する。寝たきりの赤ん坊というのは、かわいくて保護も必要だけれども、まだ人間未満という感じで、生まれてきたことの戸惑いと現世への違和感しかないような状態である。ところが、直立二足歩行への努力を始めた途端に人間らしくなってくるのだ。本章の冒頭で述べたように、人類の最大の特徴と利点の一つが直立二足歩行にあるので、その能力の獲得は飛躍への第一歩となるのである。人類の祖先が森を出て、大移動を始めるきっかけとなった直立二足歩行の獲得を乳児は生まれてから約一年かけて、自分の身体で経験するのである。それは自分の好奇心を満たす自由の獲得をも意味する。親からすれば、危なっかしくて気が気でないが、自分で興味を持ったところに自分の脚で近づいていける喜びは見ている者にも伝わってくる。こんな能力を獲得してしまったら、思い切り行使したくなるのは無理もない。

幼児が歩行訓練に費やす約二年間は、言語を獲得する時期と重なるので、二つの能力は相乗効果で発達する。歩行能力の獲得によって、好奇心が一層刺激され、満たされる。また移動の自由によって、さまざまな他者との出会い、外界とのコミュニケーションの機会がもたらされ、言語の習得が促進され、知性の拡張が爆発的に起きるのだ。子どもの成長とは、人類が辿ってきた身体の変容と知性の獲得の軌跡をわずか一〇年ほどの短期間に圧縮して、追体験することなのである。逆に歩くのを止めた瞬間から退化が始まってしまう。

第2章
散歩する文学者たち

萩原朔太郎「秋と漫歩」

散歩を日々の日課にしながら、インスピレーションの源とした文学者は多い。最も怠惰で暇そうに見える徘徊の最中に、重要な思索と創造を行っているのだ。萩原朔太郎もその一人で、「秋と漫歩」（一九三五年）という散歩論を書いている。

朔太郎は旅行が嫌いだったという。いちいち荷造りをしたり、旅費の計算をしたりするのが面倒だったからだ。しかし、そういいながらも、唯一の娯楽は秋にそぞろ歩く散歩だった。それはハイキングといったものではなく、ただ目的も行き先もなくウロウロと歩き回っているだけなので「漫歩」、あるいは瞑想にふけり続けながら歩くので「瞑歩」と表現してみたりしている。

「前に私は「散歩」という字を使っているが、私の場合のは少しこの言葉に適合しない。いわんや近頃流行のハイキングなんかという、颯爽（さっそう）たる風情（ふぜい）の歩き様をするのではない。多くの場合、私は行く先の目的もなく方角もなく、失神者のようにうろうろと歩き廻っているのである。そこで「漫歩」という語がいちばん適切しているのだけれども、私の場合は瞑想に耽り続けているのであるから、かりに言葉があったら「瞑歩」という字を使いたいと思うのである」

それで人々が集うような公園、駅、停車場などに行くと、群衆を見ているだけで楽しいのだというから、大変な好奇心の塊であったのだろう。**自宅にいたら一時間もじっとしていられないのだが、人間観察を目的として駅や雑踏に出かけていけば、三時間は平気でいられると告白している。**朔太郎のギョロ目でそんなに長くジロジロと見つめられていたならば、周りはつい警察に通報したくなったかもしれない。

朔太郎は生まれつきフラフラする浮浪者的な特質を抱え込んでしまっていた。詩人というのは、ある意味でシャーマンや狩人に近い。自分の本能の中から何かを発見してくる、不思議な知性の持ち主だったのだ。だからこそ散歩から発想を得るところが大きかったのだろう。散歩をすることが、自分の創作に重要な意味を持つということは詩人に限らず、世の中の無数の人々に共通している。

芥川龍之介「歯車」

芥川龍之介の晩年の短篇「歯車」（一九二七年）でも、主人公が東京をほっつき歩いている。これは著者自身の心の闇を映した奇妙な作品だ。語り手は芥川と思しき神経質で被害妄想を抱え込んだ男である。その彼が東京近辺をあちこち転々としながら家に帰ってくるというだけの話なのだが、互いに無関係と思われた細部が有機的につながり、「漠然とした不安」が可視化されたような作品に仕上がっている。最初は避暑地の神奈川・藤沢から、知人の結婚披露式出席のために東京に向かう。駅に向かう車の中で、乗り合わせた人から「レエン・コオト」を着た幽霊の話を聞くところからストーリーが始まる。そして主人公は移動を重ねながら、行く先々で意味深な外界の事物を目にする。都市は雑多な細部に満ち満ちているが、普段は意識して気には留めない。それら全てに注意を向け、その意味するところをいちいち深読みしていたら、たちまち脳の容量オーバーとなり、フリーズ状態になってしまう。**頭の中が雑念の洪水になることを恐れる雑念恐怖症も、脳がフリーズ状態になるのを防ぐために外界に対して感覚を閉ざすのである。**しかし、「歯車」の神経質な主人公の目に映るイメージはことごとく不吉な兆候のように見え、協力して自分を攻撃してくるような妄想に取り憑かれてしまう。最初に「レエン・コオト」を着た幽霊の話を聞いた後に、義兄が「レエン・コオト」を着て鉄道自殺をしたという知らせを受けたのち、「半透明な歯車」が視界にチラついて見えるという、幻視の連鎖反応が起きる。

やがて歯車はどんどん数が増えていく。無事消えたかと思っても、代わりに頭痛が襲ってくる。何処にいようとも、幻覚と不調に苛まれる。それに伴って普段だったら見過ごすありふれた光景でさえも、狂気や死にまつわる連想を助長してしまう。そうした一連のイメージは、文脈や意味をはぎ取られ、妄想の中で奇妙に嚙み合ってしまい、一貫性をもって自分を迫害してくる気さえしてくるのだ。一種のバッドトリップである。人は心が荒んだ鬱状態で歩いていると、どうしたって被害妄想が亢進して、あらゆるものが自分に敵意を向け、通行人の話し声も自分を非難しているように聞こえてくるものだ。

歯車が被害妄想の連鎖反応を呼び込む。そもそも雑多なイメージの集積である都市空間を「夢のゲテモノ」と表現したのは、ヴァルター・ベンヤミンだった。彼は『パサージュ論』で都市空間を彷徨(さまよ)い歩くことについての考察を重ねているが、その時に一つの具体例として挙げたのが、ボードレールの詩に描かれたパリ、そしてシュールレアリストたちの手による奇天烈なイメージの組み合わせだった。都市空間を、まさに雑多でお互いに関連もなさそうなイメージがランダムに並ぶ、シュールで、グロテスクな空間であると捉えたのだった。

我々は普段はある目的や秩序を持って、都市空間を見ているから特に問題はないわけだが、それらのイメージだけを追跡してゆけば、シュールレアリストたちが表現する荒唐無稽なイメージのごった煮の世界となる。まさにゲテモノのカオスに放り込まれて、彷徨っているような感覚に陥るだろう。

今では誰もがスマホでカメラを使えるから、ある特定の都市空間を歩いている時に、自分の目に映るもの全部を撮ってみるとしよう。そして編集でくっつけていって、映像コラージュのような作品を作る。それは短時間に、無秩序なイメージがランダムに交錯し、フラッシュする作品になるはずだ。たとえば、砂漠や海原しか知らない人が生まれて初めて都市空間に身を置いたら、どうなるか？　そのナイーブな感覚は、全く統一性もない雑多なイメージの洪水に耐えられるか？

「歯車」という作品はシュールレアリスムの自動書記や精神分析の自由連想法にも共通する手法で書かれた極めて特異な小説なのである。神経症患者の極めて具体的な臨床報告にもなっている。それはある意味、**モダニストの見た大正末期から昭和初期にかけての東京の実況中継でもあった。**

過去を幻視すること

芥川の「歯車」が書かれたのは昭和初期で、関東大震災から四年ほどしか経っていない。明治維新以降、粗製濫造の近代化の産物が、震災で一度破壊しつくされて、都市空間が現役の廃墟と化したのである。大正末期から昭和初期というのは、震災の影響もあったためか、文化的にはエロ・グロ・ナンセンスが流行した時代と重なる。**近代化による伝統の破壊が庶民レベルまで進み、生活様式も服飾も様変わりしたが、震災によって近代の脆弱さもまた露呈したこの時期、人心の方もかなり揺らいでいた。**大正デモクラシーは一時的に盛り上がり、女性解放運動、部落解放運動、普通選挙の実施、アナキズムやコミュニズムの流行なども見られたものの、それ以上に思想弾圧もまた進んだ時代である。表面的には一九世紀末や二〇世紀初頭、ベル・エポックと呼ばれた時代のパリと通底するところもあったかもしれないが、人心はまだ差別と偏見、同調と服従から解放されてはいなかった。「歯車」の主人公は、そうした歪んだ都市空間の中に身を置いていた。

東京は常に変わりゆく都市だ。一〇〇年前と現在とでは、もう比べようもなく違っている。世界の名だたる都市、たとえばパリ、サンクトペテルブルク、ベルリン、ドレスデン、ヴェネチア、いずれも一〇〇年前から景観がほとんど変わっていないことは珍しくない。三、四〇〇年前と変わっていないことすらある。以前、オランダの都市デルフトを訪れた時に、同地の画家・フェルメール作の風景画を見た後でそれが描かれた場所に実際に立ってみると、全く同じ光景であったことに驚いた。昔のランドマークとしての建物や広場がそのまま残っているのだ。

こうしたことは東京では考えられないことだ。江戸時代と比較すれば、何もかもが違ってている。もちろん江戸城がそのまま皇居となり、二重のお堀がある中心部の構造は変わっていないが、その周辺の風景というのは、明治、大正、昭和とそれぞれ全く違っていたはずだ。「火事と喧嘩は江戸の花」であるから、何度も火事に見舞われたことだろう。明治以後も、木造の家屋の密集地で火事が起きれば、すぐに火は燃え移ってしまう。明治維新から現代までの一六〇年ほども、スクラップ・アンド・ビルドの連続であったのだ。**恒常的な「これぞ東京」という風景はなく、折々の東京しかないのである。**

文学作品にもさまざまなランドマークが描かれた。関東大震災前の文学作品には「浅草十二階」と呼ばれた「凌雲閣」が登場する。当時としては高層建築のビルで、近代東京の盛り場・浅草のランドマークだったのだ。しかし、関東大震災で倒壊し、周辺の盛り場も全部向島（むこうじま）の方に移転してしまった。その後は下町が大空襲で一面焼け野原になった後、戦後の復興と東京オリンピックの開発が進んだ。江戸は東京湾に面しており、縦横に水路が走っていて物流はその水路を通じて行っていたわけだが、オリンピック開発に伴って水路は埋め立てられてその上に首都高ができた。さらには東京タワーという新たなランドマークも建てられた。それからは首都高と東京タワー、霞が関ビルなどが東京らしさの象徴となっていく。ランドマークすら時代ごとに変化してきたのだ。近代文学の作品は八割以上は東京が舞台なのだが、時代によって今とは似ても似つかない東京が描かれているのである。

そうした大きな前提の下で、現代の東京を散歩することの意味を考えると、そこに過去の風景を幻視するということがあるだろう。**街をほっつき歩きながら、昔の風景を重ね合わせ、その変化の痕跡を観察するのだ。**

ある時、私の母と私の息子と親子三代で渋谷をふらふらと歩いたことがあった。息子は郊外で育ったから「都会だ」と素朴なことをいっていた。母は若い頃に渋谷の会社で働いていたので、その当時と全く違ってしまったという隔世の感を反芻していた。私の幼い頃の渋谷にはまだパルコもなかった。パルコができてから、「区役所通り」は「公園通り」に、近辺の路地の坂は「スペイン坂」と名付けられた。その一方で、井の頭線の渋谷駅界隈や元東急本店の裏手の辺りはあまり変わっていなかった。昔ながらの焼き鳥屋や居酒屋などが今もなお残っていたのだった。

そのように三世代のそれぞれの渋谷を見ながら感慨に浸った。まだ日本経済が成長の途上にあった頃は、大体五年で一〇パーセントの景観が変わるといわれていた。だからほんの二五年で、景観の半分以上が変わってしまうのだ。特に渋谷、新宿、銀座といった中心部は、新陳代謝が速い。最近でも下北沢や武蔵小山などの再開発地域は、以前とはすっかり様変わりしてしまった。昔の街に馴染みのある私は、今ではすぐ迷子になってしまう。そのようにスクラップ・アンド・ビルドが繰り返される東京という都市を歩くことは、自然と過去の検証を始めることになるのである。

永井荷風『濹東綺譚』

永井荷風もまた過去への郷愁を抱いていた人である。荷風は青年時代に江戸の戯作に溺れていて、その影響から文学を志した。江戸時代を経験していないが、書物を通じて憧れがあったわけだ。青年時代に実業家の父親の仕事の手伝いのために、リヨン、パリ、ニューヨークといった世界の都市に滞在した。特に二〇世紀初頭のパリなんかに滞在してしまったら、もう趣味人の道を歩み始めるほかないだろう。当時、荷風はドレフュス事件におけるエミール・ゾラの毅然たる態度などに影響を受けた。その荷風は反骨、さもなければ低徊、という独特の個人主義に到達した。そうしたスタンスは、夏目漱石の小説に出てくる高等遊民に極めて近く、実質その後継者ともいえるだろう。時局には迎合せずに、他人を下手に慮(おもんぱか)りもせず、勝手気ままに振る舞うことができた。文学者というのは個人主義とみなされるものだが、荷風はその代表的な存在だ。

彼はベンヤミンが論じた都市を徘徊する遊歩者(フラヌール)として、筋金入りの経歴の持ち主だったといえるだろう。ヨーロッパは一九世紀の終わり頃から、産業革命の成果の近代化によって、都市が消費生活の中心となって、街全体が一種のショーウィンドウとなった。実際の商品はもちろん、その広告等のイメージで満たされていく。かつての風景とは全く異なる景観が生まれたことによって、繁華街を歩きに行くという新しい習慣が生まれたわけだ。その主役が遊歩者（フラヌール）である。都市を徘徊するということ自体が、一つの文化流行に深くコミットすることだった。ベンヤミンは『パサージュ論』でボードレールとパリの関係を、そうした一人の心定まらぬ遊歩者（フラヌール）として論じたが、荷風は東京を歩く時にその感覚を最大限活用したのだ。

晩年作『濹東綺譚』（一九三七年）はまさに遊歩者（フラヌール）としての荷風の姿が描かれている。語り手である主人公の大江匡は、荷風本人を思わせる老作家である。小説を目下構想中であり、その結末をどうしたものかと考えながら、モダンボーイの聖地・浅草を徘徊する。浅草は芥川や谷崎もよく遊んでいた、暇人や怠け者、野次馬などが集まる繁華街だったのだ。荷風はその往来の活気に触れることを日課としていて、それを死ぬまで続けた人である。そして隅田川向こうの玉の井に足を延ばしたりしていた。その徘徊の一部始終を作品にまとめているのだ。

荷風は遊歩者（フラヌール）として独特のノウハウを持っていたようだ。**路地に同化してしまうというよりは、そこにいる住民やものに対して、批評的な距離を置いていた。**「文豪のお通りだ」とばかりに偉そうにすることはなく、匿名性を保ちながら歩く。それでもどうしたって、品のよさは身体からにじみ出てきてしまうので、怪しまれないようにするために、一応最低限の擬態や変装はしていたらしい。つまり、立派なスーツや革靴を身に着けるのではなく、お尻の部分がテカテカになった古ズボンを穿き、腰から手拭いを下げたり、下駄を履いたりしていた。場末に見合ったコスプレめいたことをしながら、地元民に擬態して路地裏や抜け道を丹念になぞっていたのである。荷風は作中で『濹東綺譚』の意図をこう語っている。

「わたくしは東京市中、古来名勝の地にして、震災の後新しき町が建てられて全く旧観を失った、其状況を描写したいが為に、種田先生の潜伏する場所を、本所か深川か、もしくは浅草のはずれ。さなくば、それに接した旧郡部の陋巷(ろうこう)に持って行くことにした」

『濹東綺譚』も関東大震災後の東京フィールドワークになっていた。大規模な破壊が起きた後に、復興がどれくらい進んでいるか、昔の記憶と現在の状況を対比させながら歩こうと努めていた。玉の井というのは、いわゆる戦後に赤線ができる地帯だが、それ以前も独特の風俗を持つ土地だったようだ。向島から京成沿線の堀切や綾瀬の辺りは、綾瀬川の流域に当たり、一帯が田園地帯だったという。そこには今もある百花園や白髭神社などもあり、名勝の地といわれていた。ただ関東大震災後の再開発で、凌雲閣周辺の銘酒屋街が移転してきて、新しい繁華街ができていた。また橋の架け替えや道路の拡張が行われることに伴って、田園地帯が広がっていた場所に大規模な人口流入が起きた。そんな新興の住宅街であり、かつ隣接して花街も形成されたいわゆる「新地」で、荷風は徘徊していたのだ。

私はその近辺を歩いたことがあるが、今でも狭い路地がたくさん残っている。車も入れない狭い路地はそこはかとなくおしっこ臭かったりする。かつての雰囲気が微妙に残存しているところが面白かった。ゴタゴタと雑多に店が並んでいる路地の所々に「抜けられます」「安全通路」「京成バス近道」「乙女街」といったことが書いてあるのだった。そんな下町を歩けば、家と路地の距離が近いことがよくわかる。玄関を開けたらすぐ居間だったり、引き戸の玄関が路地と直に接していて、玄関を開けると、いきなり茶の間があったりする。路地が、アパートの廊下に当たる感覚だ。そのような生活様式が通行人にも丸見えになっているのだ。プライバシーを守る境界はほぼないに等しく、路地を丹念に辿れば、自ずと覗き趣味も満たされることになるわけである。また下町の子どもたちは、もちろん特定の家族の一員であり、誰かの子どもではあるのだが、路地や界隈に帰属する「地域の子」という存在でもある。誰々は何処の家の子で、家庭の状況はどうかということを、近隣住民が把握している。今でも一九八〇、九〇年代を時代背景にした韓国ドラマを見ているとそうした名残はあって、近所の子に「ご飯を食べていきな」と声をかけたりしており、ノスタルジーをそそるのだが、東京でもかつてはそんな光景が見られた。

荷風はそのような「生活感と人情あふれる下町」をつぶさに歩き回っていたようだが、なぜそこまで熱心だったのか？　先述の通り、街の復興が進行中でどうなったかを確かめたかったこともあるだろうが、昔見た風景や触れた人情の記憶に重ね合わせるような徘徊をすることで、ノスタルジーに浸り、独身者の孤独を癒していたと思われる。

小説の中では徘徊中に雨が降ってきたところで傘をさすと、二七、八歳くらいのちょっといい女に「檀那、そこまで入れてってよ」と声をかけられる。その流れで女が営んでいる小料理屋に立ち寄ることになる。その後も徘徊をする時に小料理屋という行きつけができて、足繁く通うようになった。よそ者として、馴染みのない場所に思い入れを抱くようになるには絶好のシチュエーションである。その女・お雪の年齢は大江の四〇歳ほど年下だった。水商売の人は男女問わず、あまり一ヶ所に長くとどまっていない、それこそ水のように流れてゆくということもあるのか、いつの間にか疎遠になってしまい、「あの子、どうしてるかな」という未練も育まれる。**未練というのは記憶との戯れでもある。別れた女、失われた場所、消え去った風景、遠い過去の出来事を蘇らせる儀式でもある。**

荷風自身、そうした徘徊を死ぬまで続けていた。家に帰ってもどうせ誰もいない。近年も一時流行したノマド的なライフスタイルを、一〇〇年も前に実践していたのだった。行きつけのレストランが自分の食堂だし、行きつけの小料理屋でお酌してもらいながら飲むわけだから、茶の間も外にある。町は家、町で出会う馴染みは皆家族である。浅草でカツレツやライスカレーといった洋食を食べては寝るためだけに自宅に帰るという生活をしていた。カバンには全財産を入れて持ち歩いていたという。最晩年は浅草のストリップにも通い詰めていて、楽屋にも出入りしていた。踊り子たちの編み物用の毛糸を玉にするために、毛糸のかせの輪を両腕に渡して、踊り子が巻くのを手伝ったりしていた。そんな密な付き合いをしている時に文化勲章などをもらってしまったので、踊り子と仲睦まじくしているところを写真に撮られ、揶揄（からか）われたりもした。

老作家は何をしたかったのか？　その答えは今夜も性懲りもなく、ママとか雪ちゃんとか呼ばれる本名も住所も知らない女がいるバーやスナックに足を運んでしまう男ならわかる。荷風は行きつけの店でカツレツ丼を完食した後、自宅で誰に看取られることもなくひっそり死んだのだった。原稿を書く時と死ぬ時は一人なので、書斎兼棺桶は必要だった。

場末をあてどなく彷徨いながら、偶然にちょっといい女と懇意になって、その店に通いつめて折々の喜怒哀楽を持つこと。これは文豪に限らずとも、その気になりさえすれば、誰でもできる。というか、誰に頼まれなくてもやってしまう。

『濹東綺譚』はその後も多くの人々に愛された小説だが、今日の居酒屋放浪などの下町徘徊の原型といえるだろう。たとえば『孤独のグルメ』の井之頭五郎はいつもランチ難民になっていて、見知らぬ町を徘徊しながら一軒の食堂を選ぶということを繰り返している。同じようなことをすでに文豪・荷風がやっていたのだった。（参照：『小説作法ＸＹＺ』島田雅彦　新潮選書）

探偵小説と漱石

都市を徘徊する遊歩者（フラヌール）が増えたということは、氏素性のわからない見知らぬ他者ばかりの空間が生まれるということである。得体のしれない犯罪者も、都市を徘徊するようになるのだ。都市空間が脈絡のない雑多なイメージで溢れかえるようになるのは、犯罪が多様化するのと同時期であった。

旧来の都市や田舎であれば、皆が誰が何処に住んでいるかを知っている。そんな血縁や地縁が濃厚な場所であれば、犯罪は怨恨の線が強いから推理をしやすい。産業革命が一番早かったイギリスでは、田舎の犯罪は有能ではないスコットランドヤードでも怨恨の筋を当たるだけで難なく解決できるのだが、ロンドンの犯罪はそう簡単には解決しない。あまりにも氏素性がわからぬ他人ばかりなので、手がかりが見つからず、捜査はすぐに迷宮入りしてしまうのだ。そんな中で、一九世紀の連続殺人鬼・切り裂きジャックのような犯罪者が現れた。

そうした一九世紀後半のロンドンにおいて、従来の方法では犯罪解決に至らないという状況の中で生み出されたのが、シャーロック・ホームズなのである。ホームズは犯罪捜査を行う時に、都市にランダムに散らばっているさまざまなヒントから手がかりをかき集めてくる。それは都市型犯罪への対応だったのだ。しかしそのヒントを集めたとしても、どれが犯罪の証拠になるかわからない。手探り状態で進めていく中で、科学捜査の走りとなる指紋照合も始まった。当時は科学捜査といっても、証拠の品を集めるとか、ピストルの発射の弾道を計算するといった原始的な方法しかなく、あとは現場検証と犯罪が起きた周辺の聞き込みを徹底するなりして、都市に刻まれた犯罪の痕跡を丹念に拾い上げるしかなかった。ホームズは犯罪捜査という目標はあるけれども、都市を歩きながら乱雑に散らばった痕跡を掘り起こすという、一種の発掘作業をやっていたことになる。科学捜査に関しては、相棒のワトソンが医者だから、非常に強い味方がついていたとはいえる。しかし、それでも何のヒントも得られない時には直感に頼るしかない。科学捜査の手続きは丹念に踏むものの、ホームズの最大の武器は直感力なのだ。それによって普通は気づかないような関連性や因果関係を掘り起こしていく。

ロンドンでホームズが大活躍をしていた一方、日本では少し遅れて明治三〇年代頃に、犯罪も都市型に変化してくる。そこから明智小五郎の登場まではそんなに時間はかからなかったわけだ。また単純には比較できないものだが、日本では漱石の『彼岸過迄』（一九一二年）がホームズに似ているといえるだろう。いわゆるホームズ的な本格的な探偵ではないが、主人公・田川敬太郎がたまたま「にわか探偵」に仕立て上げられるのである。彼は就職の口を探してもらおうと相談に行った先で、ある紳士の尾行を頼まれる。これは完全にテーマがある形の東京探索ということになるだろう。相手が何処に何の目的で出かけていくのかわからないまま、ただ闇雲に土地勘があるわけでもない空間を尾行して歩いていく。不器用ながら尾行を始め、細い路地に入り込んだりしてしまうわけだ。するとその男は女と西洋料理屋に入る。そこで強い灯りに照らされた二人の顔を確認したりする。その後、二人は連れ立って何処に行くのだろうかと好奇心もふくらんでくるのである。その経過を小説は丹念に追いかけていくのだが、読んでいると当時の淡路町や駿河台下のあたりの雰囲気が伝わってくる。その時代の東京の街や地理の風景の報告のようにも読めてくるのである。

尾行をするのも、散歩の一つのスタイルである。もちろんストーカーにならない程度に留めておくべきだが、少しだけ後追いさせてもらう感覚で尾行すれば、普段は決して足を踏み入れない場所に導かれるきっかけにはなる。

武蔵野から皇居へ

京都や奈良と比べたら、歴史の浅い江戸は、豊臣秀吉の天下に、元々は三河を治めていた徳川が領地替えで江戸に移されてから、経済拠点として発展した。江戸時代より以前、東国の中心になったのは鎌倉である。鎌倉幕府滅亡後も東国の有力大名は北条一族だった。関東平野は広いのに、北条家が関東平野の西の外れの小田原に城を築いたのは、江戸は城を築いたところで攻め込まれやすい土地だったせいだ。鎌倉時代は狩場に過ぎなかった。馬や犬で部隊を作って、獲物を低地に追い込んで一網打尽にする「巻狩」を行うには適した土地だが、現在の二三区に当たる場所に人はあまり住んでいなかった。

江戸が政治経済の中心になる以前は現在の東京郊外、八王子や日野などの今では都下と呼ばれるような地域、つまり武蔵野に人が居住していた。いわば、武蔵野が東京の原型なのである。昭和天皇にはその自覚があった。皇族は元はといえば京都の一族で、今では東京の「空虚なる中心」の住人である。昭和天皇は元々江戸城だった皇居内にあった九ホールのゴルフ場を戦時中につぶして、武蔵野の自然を土ごと移植した。さすが生物学者のやることは違うと思わされるが、案外これは昭和天皇の最大の功績に数えられるかもしれない。戦後は雑木林や里山をゴルフ場に変える開発が経済成長の証明のように行われたが、戦前にそれとは逆のことをやっていたのである。

それはどういう企みだったのかを類推しよう。戦火が厳しくなる中で、東京にも火の手が上がり、皇太子を小金井や日光に疎開させていた。天皇は皇居にとどまったわけだが、もう敗戦を免れないことを悟っていたのではないか。国が破れても、拠り所となる自然だけは死守したいと思ったかもしれない。**原東京というべき武蔵野に自生する在来種を丹念に土ごと移植した結果、現在の皇居の一部は原生林となったのだった。**戦後約八〇年が経過した現在でも、皇居の大自然の環境は保全されており、ほぼ自然保護区の秘境であり続けている。皇居の自然の写真を撮った人がいて、私もそれを見たことがあるが、日本のどの田舎へ行ってもお目にかかれないゲンゴロウやタガメなどがいるそうである。昭和天皇は皇居で粘菌の新種を発見したことがあるくらいだ。

その意味でも武蔵野は、天皇家と深いつながりがある。何しろ、そこには武蔵陵墓地があって、天皇が亡くなると埋葬されることになってもいる。大正天皇も、明治天皇も、それから昭和天皇自身も、そこに墓所があるのだ。皇室と鉄道に詳しい政治学者・原武史と話したことがあるが、彼によれば中央線というのは皇居のある東京駅と墓所のある高尾駅を結んでいるから、現世とあの世を結ぶラインとなっている、というのだ。そのせいで、自殺者が多いとまではいえないけれども。

国木田独歩『武蔵野』

日本近代文学もある意味、武蔵野から始まったといえる。柄谷行人の『日本近代文学の起源』は、国木田独歩の『武蔵野』（一九〇一年）において「風景の発見」があると指摘した。近代文学の作家が初めて、東京の風景を意識したのだ。西洋から輸入された近代文学には、人々の心象をある風景の中に溶かし込む特徴がある。風景描写の中に登場人物の心理が重ね合わされる。そのことからも、自然主義と呼ばれるのだが、日本近代文学のこと始めにおいて、西洋の自然主義を模倣した関係で、独自の「風景の発見」が必要になるのだった。

それは普段、無意識のうちに見過ごしているような見慣れた風景を意識化することであった。これにはよそ者の視点が必要となる。ある土地を訪れた旅人が新鮮な眼差しで風景を愛でる時、今まで意識されなかったありふれた風景の魅力が再発見される。近代文学における「風景の発見」は、まさに散歩者がその風景を批評的に眺めることを通じて実現したのである。

国木田独歩はそれを武蔵野や多摩丘陵で行った。狩人ではなく旅人の視点で、農民ではなく遊民の視点で。原東京の風土、そこに根ざした人々の情緒をも発見することで、文学の近代化を図ったのだった。明治維新以後の開発によって、原東京の自然にも人工の手が入り始めており、郊外に広がる田園風景が徐々に都市化、人工化していくプロセスと同時進行だったことになる。東京郊外の宅地開発は、麻布、渋谷あたりから始まり、やがて中央沿線に移行していった。少しずつ郊外人口が増えていくと、ヨーロッパの人々が理想としたような、田園風景と生活圏が組み合わさった田園都市、その牧歌的な調和が武蔵野において実現するのだ。そうした武蔵野が、現代ではある意味公園化して、皇居の中に内包されているのである。

大岡昇平『武蔵野夫人』

独歩はたまたま訪れた旅人の視点から武蔵野の風景描写をしていたが、戦後になって、そこに住む人々の心情も重ね合わせながら描いた小説が登場する。大岡昇平の『武蔵野夫人』(一九五〇年)である。武蔵野に早くから住宅を作って住み着いた二組の夫婦の不倫がベースとなっているから、出版当初は不倫小説としてベストセラーになった。ビルマ戦線から帰還した青年・宮地勉が、幼馴染で今はもう人妻になっている秋山道子と、幼少時代に非常に親しんだ武蔵野の自然に触れながら、昔の思い出に浸って旧交を温めることが話の一本の柱となっている。駅名でいうと、国分寺や武蔵小金井の辺りで、中央線で都心に通える距離でもあり、戦前から宅地化が進んでいたのだった。そこに住むのが二組の夫婦、つまり婿養子として道子と結婚した大学教授・秋山、そして隣の家に住んでいるブルジョアの大野夫妻。秋山と大野の奥さんとの間の不倫、そして秋山の妻・道子といとこの勉の間に生じる愛情、その二本立てとなっている。元々仏文学者で、スタンダールの翻訳などもやっていた大岡自身はフランス心理小説を東京郊外で展開する意図を持っていた。

しかし本作をよくよく読んでみると、武蔵野を歩き回る小説で、独歩以来の風景の再発見が最も大きな比重を占める作品だとわかる。大岡は武蔵野の風景描写に多くのページを割いており、武蔵野の風景と戦後に暮らす人々の心象を重ね合わせたところに特徴がある。

勉や道子が熱心に歩き回るのは地元では「はけ」と呼ばれる場所だ。これは「崖」が訛ったコトバで、大きく蛇行して流れる古代多摩川が、武蔵野台地を侵食してできた独特の地形を指す。大岡は同級生だった富永次郎の家に寄宿して本作を執筆したのだが、今も同じ地に住む富永家の御子息によれば、大岡は熱心にノートを携えて、朝から夕方まで取材に歩き回っていたのだという。

そして興味深いのは、戦地経験を基にした『野火』（一九五二年）と同時進行で書いていたことである。大岡は戦争末期、フィリピンのミンドロ島に赴き、その死亡率九七パーセントといわれた極限状況を生き延び、米軍の捕虜となりながらも、奇跡的に帰還したのだった。戦後は小説家として生きる決心をし、三〇代半ば過ぎでその特異な戦争体験を『野火』に書き残したのだった。この二つの作品はともに風景描写に力が注がれている。『野火』の場合は、日本人にとってはまったく不慣れなジャングルでのサバイバルの記録となっている。主人公の田村はマラリアと飢餓の危険にさらされつつ、米軍と向き合う過酷な状況に置かれている。病気で戦力外通告をされて、部隊から放逐され、病院への収容も断られ、孤独にジャングルを彷徨う細部が全体の半分を占めている。そこで独特のインテリジェンスと自然観察力とを活用して、なんとか生き延びたのである。特異なサバイバル経験に基づいた小説と同時進行で、東京人の心の故郷としての武蔵野を舞台にした『武蔵野夫人』を書いたことに、私は注目する。大岡が捕虜から解放されて日本に帰還して、ほとんどPTSDのような状態にある中で、彼自身が望んで富永次郎の家に間借りする。そこで戦後の自分のトラウマを克服するかのように、一種のリハビリとして書いていた。それが親近感のある、原東京の自然に触れるということだったのだ。

道子というキャラクターも、武蔵野のたおやかな自然を自身のうちに宿したような純情な女性像として描かれている。その相手役なる勉は、ビルマ戦線から帰還した、一種の典型的なアプレゲールだ。心が荒んだ学生であり、女子学生と何股もかけたりしていたのだが、道子と武蔵野デートを繰り返しながら、次第に癒されてゆく。地元の古くからの歴史の根付いた土地を巡るのだが、ある時は嵐に遭って帰れなくなって宿に一泊したりするのだ。モダニ**ズムの時代には、東京都心が享楽の中心地であった関係上、徘徊者や遊歩者はたくさん集まってきたけれども、戦後はそこは焼け跡になってしまっている。だから逆に「国破れて山河**

あり」の感慨を噛み締めるには、東京郊外の武蔵野がうってつけだったのだろう。

武蔵野は今でも、大岡が熱心に歩いていた一九四〇年代末とあまり変わっていない。そこに登場する貫井神社には今も清水があふれ出している。現代において大岡の『武蔵野夫人』と近いことをやろうとしているのが、スタジオジブリの『となりのトトロ』なのだろう。まさに武蔵野の原東京の自然の中に根付いた土俗的なものを描くのである。東京人の自然感は、やはり武蔵野由来なのだ。そもそもからして武蔵野台地や多摩丘陵は、縄文人も住んでいた。戦後の大規模な宅地開発をされた多摩ニュータウンでも、縄文遺跡が多数発掘された。**東京郊外のニュータウンは実は縄文時代以来、人が住み着いていた古代都市であり、縄文人が眠るネクロポリス（死者の町）でもあったのだ。**

そうした武蔵野や多摩丘陵を歩くという経験自体が、一気に数千年の時差を埋め合わせるタイムスリップなのである。日本各地を歩くと、過去の痕跡が見つかる。京都や奈良はもちろん、秋田や岩手に行っても、藤原氏のゆかりの場所や合戦があった場所がある。そういう場所に、たまたま旅の途上で立ち寄ったりすると、人のいないただの野原であっても、地名の由来などを地元の人に聞けば、一〇〇〇年も前の歴史を否応なく想起させられるのだ。**散歩は潜在的なタイムスリップでもある。**

中上健次のフィジカル・コンタクト

他者との接触の仕方は文化によって大きく異なるが、日本の場合、敬語を使い、意図的に婉曲表現をし、曖昧な物言いに終始したり、議論を避け、空気を読んだり、我を主張せず、忍耐と同調を重んじ、ダイレクトに喜怒哀楽を表すのを避ける、といった傾向がある。これに対し、世界標準はもっと他者との距離を詰め、率直でストレートな表現と議論を求めるところがある。韓国人や中国人の立ち居振る舞いを見ていると、かなりラテン気質に近いと思える。日本の中でも関西や九州はラテン気質が勝る感じがする分、立ち居振る舞いの上では世界標準に近い。

かつて、先輩作家の中上健次とニューヨークを飲み歩いたことを今でも懐かしく思い出す。新宿や中東や中南米、ニューヨークにおいても、人々との接触、交流を求め、過剰に関わりを持とうとしていた。八〇年代のまだ治安の悪かった頃のニューヨークで恰幅のいい中上健次と飲み歩けば、ボディガードに守られているような安心感があったが、彼は麻薬の売人といきなり肩を組んで意気投合するような付き合い方を好んでいた。中南米では、相手を怒らせ、喧嘩を通じて仲を深めるという肉弾的社交テクニックがあるが、中上はそれを行うフィジカルに自信があった。

中上が生きていた時代には、もちろんインターネットも普及していなければスマホもないから、一冊の本を探すのだって、本屋や図書館へ行って、棚から本を取り出していた。あらゆる行動にフィジカル・コンタクトが伴っていたことが重要なのだ。情報を受け取るにも身体性が伴っていたからこそ記憶が強化されていた部分もあっただろう。電子書籍よりも紙の本を読んだ方が記憶に残りやすいのも、ページをめくる身体性とともに記憶が強化されるからだ。同じように人物にまつわる記憶も、ネット検索をして得た情報からはごく表面的なことしかわからないし、それも嘘やフェイク情報が多い。それに対し、実際に本人に対面で会うと、表情や目つき、口調、立ち居振る舞いを観察でき、その心理状態まで手に取るようにわかる。**コトバではいくらでも人を裏切ることができるけれども、案外身体は嘘がつけない。生身の人間は黙っていても、情報ソースの塊であるから、直接コンタクトした方がより相手を深く知ることができるのである。**

散歩中に意識の中で起きていること

言語表現ジャンルの一つである物語は、言語によって現実を複製したものである。出来事、人物、現象などを言語でシミュレーションしたもの、アリストテレスのコトバではミメシス（模倣）の成果なのである。

言語能力自体は自然の産物であるが、人間が突然変異的に獲得してしまった能力であり、肥大化した脳の働きから立ち上がってきた機能なのだ。言語芸術や言語表現には既に膨大な歴史とノウハウの蓄積があるので、それらを借用することができる。世の中に出回っている言葉の数々は大抵はもう既に使い古されたものの引用や援用、借用で盗用なのである。その意味では人類も生成AIと同じ言葉のサンプリングを繰り返してきたわけだが、人間には無意識から立ち上がる発語メカニズムが備わっている。レディメイドの言葉をただ使い回すのではなく、無意識から立ち上がってくる言葉こそがオリジナルの言語表現だといえる。この発語メカニズムを突き詰めたジャンルが詩である。創作家の良心としてはそういう割合を増やす努力を怠ってはならない。そのための一つの実践として、街に出てリアルな他者と出会い、インスピレーションを得るということもあるはずだ。

人は何か特定のテーマについて考えている時に限って、自分は思考をしているという自覚をもつかもしれない。しかしその実はもっと不埒で、同時に並列的にいろんなことを考えている。とりわけ放心状態でボーッとしている時というのは、自分では何も考えていないと思っているかもしれないが、単に特定テーマで考えていないだけであって、同時にさまざまな想念が浮かんでいる状態にある。散歩をして適度にリラックスしている状況で、自分の五感に入ってくる外部的な刺激には逐一反応をしているのだ。

散歩中に自分の意識の中で起きていることを全部記録することができたら、膨大かつ荒唐無稽なメモになるだろう。**人はそれほどに散歩中に多くのことを思い巡らせているのである。**

将来、それを記録できるデバイスが開発されたら、無意識というものの正体がわかるはずだ。脳の中で起きている想念はニューロンから出た電気的な信号なのだから、それを生成AIに読み取らせ、テキスト化、映像化することも可能になるかもしれない。睡眠中の夢も記録できるようにもなる。その時、自分が考えていることの無節操さ、荒唐無稽さに呆れ、自分に恐れをなすかもしれない。

コラム① 「歩く」にまつわる言葉

歩くことに関しては、無数の派生的動詞がある。特に二つの動詞をセットで結びつけた複合動詞は枚挙にいとまがない。**食べ歩く**、**飲み歩く**、**探し歩く**、**拾い歩く**、**売り歩く**、**練り歩く**、**連れ歩く**、**ほっつき歩く**、**そぞろ歩く**などなど。「歩く」を「歩き回る」と展開すると、連れ回す、追い回す、付け回す、触れ回る、かぎ回る、逃げ回るといったバリエーションもできる。自分のオリジナルを作ることもできるだろう。

言語は動詞を発明することで飛躍的進化をし、多様化してきた。それに伴って人類の行動や営みも複雑化してきたといえる。そんな動詞の多様性は外国語を学習すると実感できるはずだ。今、多くの人に馴染みのある外国語は、小学校から習う英語だろうか。もしくは大学で学んだ第二外国語のフランス語やドラマを通じて馴染んだ韓国語だろうか。私の場合はロシア語だった。学び初めの初級クラスを思い出してみると、やはり最初はbe動詞のような「である」に当たる語から始まって、その後は動詞の種類をどれだけ増やすかが、学習の進行状況を示す目安となったはずだ。ちなみにロシア語のbe動詞に当たる言葉は現在形では省略されていて、過去形、未来形になった時に姿を表すというところに興味を持った。

ロシア語で「行く」という動詞は、歩いて行く場合と乗り物に乗って行く場合を使い分けるし、行きっぱなしか、戻ってくることが想定されるかによっても動詞が異なる。またそぞろ歩く場合にはまた別の動詞を使う。さらに生き方、歩き方のニュアンスを表現する前置詞を動詞に被せると、寄り道しながら行く、通り越すだけ、ちょっと立ち寄る、立ち去る、何度も通う、といった微妙な表現が可能になる。「行く」という動詞だけで、かなり豊富なバリエーションがあるのだ。逆に動詞に合わせて歩き方を変える面白さもある。母語の場合は自然に使い分けているが、外国語を知ることで改めて動詞の多様性に気づくことができるだろう。

再び日本語の「歩く」を考えよう。「歩く」を何らかの行為と結びつけることによって、はっきりとした目的やミッションが生まれ、歩き方が全部変わってくるのだ。

近年、流行しているのは「食べ歩き」や「飲み歩き」。本来全然違う営みなのだが、組み合わせることで急に楽しそうになる。他にも「探し歩く」は「何かを探す」ミッションが突然発生する。「拾い歩く」といえば、「そんなみっともない真似はするな」といわれそうだが、私たちの先祖の狩猟採集民は、野山を歩きながら常に、何か生えていないか、落ちていないか、探し歩いていたのだ。現代人も自動販売機の下を覗きながら「小銭でも落ちていないかな」などと考えているが、これは都市の狩猟採集といえなくもない。歩きながら、つい何かを求めてしまうスケベ心を恥じる必要はない。一〇〇円拾えば、儲け物だし、風に髪を靡(なび)かせながら、颯爽と歩く美女やミニスカートから露出した美脚を拝められたら、確実に気分が上向きになる。

「練り歩く」という言葉から連想するのはデモである。集団で何かに抗議し、スローガンを唱えながら掛け声とともにゆっくりと歩くのだ。これは私たちの大事な政治手法の一つであり、意志表示をして権利獲得をする第一歩となる。ふらふらとそぞろ歩くのとはまた違った歩行文化で、非常に気高い意志を持っている。そんな練り歩く文化が定着している国は、民主的だといえるだろう。**独裁国家では練り歩くことが禁止される。どれだけカジュアルに練り歩けるかが、市民社会の成熟度を測る目安になるのだ。**

長らく日本は「無デモ社会」で、政治的主張を持ってプロテストをする習慣が根付いていなかった。それが二〇一五年の安保法制反対デモの頃から、確実にデモが習慣化し、カジュアルに行われるようになった。ＳＥＡＬＤｓなどがいた当時と比べると若者の姿は少なくなったかもしれないが、かつてと比べるならば格段の進歩である。もちろんフランスや韓国のように、自分たちの手で民主化を勝ち取ってきた自負がある国とは、雲泥の差がある。韓国ドラマでよく見られる光景だが、集団ではなく一人だけでもデモをしているのだ。政治家、企業、警察などに何らかの抗議をする場合、手書きのプラカードを持って社屋の前などで強く主張するのである。

日本でもそんな練り歩く文化をもっとカジュアルに浸透させるべきだろう。知人同士で「今度デモに行くんだけど、一緒に行かない?」「帰りに美味しいものでも食べよう」などと誘い合うような感覚もあってしかるべきなのだ。ハロウィーンの際には渋谷が仮装した若者でごった返すが、彼らが口々に政権批判のコトバ、異議申し立てや権利主張のメッセージを唱えながらうねり歩いたら、そのままデモになり、為政者の不安材料になり得るのだ。権利は日頃から意識して行使していないと、気づかないうちに奪われる恐れがある。

第3章
孤独な散歩者の役得

ゆきずりの関係

梅崎春生の遺作となった小説『幻化』（一九六五年）は、九州へ向かう飛行機でたまたま知り合った男性二人を描く、ロードノベルの傑作だ。

主人公は精神病院を出てきた五郎、もう一方は映画会社のセールスマンの丹尾。物語は、飛行機のエンジン不調で潤滑油が流れ出し、窓が黒い斑点で染まる場面から始まる。二人は心配しながらも、無事飛行機は着陸し、ことなきを得る。危機とそこから脱した安堵を共有した二人だが、丹尾は営業に出かけていき、五郎は一人で観光めいたことを始める。どうやら二人には腐れ縁のようなものが発生して、名所巡りをしていると行く先々で何度も顔を合わせることになり、成り行きで互いに旅の道連れになる。

やがて、五郎は丹尾が自殺願望を抱えているようだと察する。しかしこれが何とも危なっかしい。丹尾は「ねえ。賭けをやりませんか？」「ぼくは火口を一周して来ます」「一周の途中に、ぼくが火口に飛び込むかどうか――」というのである。最後は丹尾がふらふらと歩き出し、結局はどちらを選んだのかわからないままに終わる。

普段の生活で会社員同士であったら、会社のグレードや社内の地位が気になってお互いに牽制しあってしまう。ところが旅先でその帰属から離れ、裸で放り出された個と個が向き合っているので、その距離感は一気に縮まる。二人ともほぼ社会から離脱してドロップアウトしたような存在なので、格差が消え、類が友を呼んだ状態になる。

森進一の演歌「新宿・みなと町」（一九七九年）では、新宿の安酒場に集った面々が互いに「オレに似てる奴ばかり」と認識し、「どこか優しい仲間たち」と信頼するようになる様子が歌われている。

七〇年代当時、ここで歌われているのは、地方から集団就職で来た若者たちだ。この団塊の世代といえば学生運動のイメージが強いが、当時は大学進学率が圧倒的に低かった。だからデモをやっているような学生ではなく、むしろ中学卒業後、集団就職で東京に出てきた「金の卵」と呼ばれた若者たちに向けて歌われたのだ。東京の寿司屋の見習いに入ったり、床屋の弟子入りをしたり、自動車修理の町工場に就職したりした。まさに映画『ＡＬＷＡＹＳ　三丁目の夕日』で、青森から東京に来た六子のような存在である。七〇年代の大衆歌謡は、そういう人々を主なターゲットとしていたのだ。彼らは故郷から離れて東京で一人暮らしを始め、休日に遊ぶ相手もいない孤独の中で安い酒に酔い、やがて「オレに似ている奴」

と出会い、飲み歩くようになるのだ。

ここに、散歩の効能の一つがある。日常におけるさまざまなしがらみからの離脱。最初は一人で俯きがちに歩いていたとしても、行った先々で自分と同じような人間と出会い、「個」同士の交流が始まる。これこそが孤独の恩恵なのである。最初から内輪の仲間と連んでいても、こうはならない。**「初めに孤独ありき」だからこそ、新たな仲間との出会いが発生する。**

旅先の出会いについて

土地勘のない場所で飲む時は、一人孤独に彷徨い歩きながら、「この街にはオレと似ている奴がいる」と信じるのがいい。まず、数軒ほどの飲み屋があるような商店街を二往復する。それを店の人はこっそり見ていて、後で「あんた二往復してたね」などといわれるのだ。私はそんな時のために画期的な方法を編み出した。ふらりと飲みに来た地元ドリンカーを待ち伏せし、こっそり尾行し、その人の行きつけの店に便乗するのである。

以前、沖縄の与那国島に行った時、夜に一杯やりたいと思ったら数軒の飲み屋があった。何処に入るかを決めるために観察していたら、ちょうど上下作業服姿の中年男性がやってきたので、「何処で飲もうか迷っている」と正直に告げ、店を推薦してもらおうとしたら、

「不公平になるといけないから、まずこちらで飲んで、しばらくしたら隣で飲んだらどうですか。私も付き合います」といった。公平かつ紳士的な振る舞いに感じ入るところがあり、その人のいう通り、二軒はしごした。どちらの店にも歓迎され、働いている女性もフレンドリーだった。常連客のお墨付きをもらったおかげかと思う。アルバイトの女子は翌日の海水浴にも付き合ってくれた。

また青森の八戸を訪れた時も、地元のやさぐれた感じの爺さんがいたので、「ランチをするのにお勧めのところはありませんか?」と話しかけると、満面の笑みで答えてくれたはいいが、方言が強すぎて何をいっているのか全くわからなかった。手招きをする彼を信じてついていったら、地元民の溜まり場になっている店だった。ラーメン、カレー、煮込みが二〇〇、三〇〇円などで、いつの時代設定かと思いながらも、大いに楽しむことができた。『孤独のグルメ』の井之頭五郎のように、博打の感覚で店に飛び込んでみるのもいいのだが、その前にちょっと気になる地元の人の行きつけにお邪魔すると、何かと便宜を図ってもらえたりする。

おそらくCIAが協力者をリクルートする時も同様のことをしているだろう。つまり、その土地に潜伏している容疑者の情報を得るために、旅人に扮装するはずだ。他者はただでさえ怪しまれるから、普通の観光客を装って常連と会話を始めて、情報収集の最初の手がかりを摑むのである。店のママから情報を得たいなら、警戒を解くために常連のお墨付きをもらうことから始めた方がいい。いきなりママにアプローチすると、常連客のマドンナを独占しようとしているとやっかまれることもあるだろうから。

最近は旅先で誰かと意気投合するような機会は減っただろうが、昔のヤクザ映画を見ていると、ややくすぐったくなるような出会いの場面に遭遇する。別の組の二人がどこかで出会うと、その立ち居振る舞いから、相手もヤクザだとわかるのだろう。映画が始まって早い段階で、同じ匂いを嗅ぎ取って意気投合するというのは、東映ヤクザ映画の定番だ。親切にされることで、仁義が生まれるのである。

作家・古井由吉氏は、ある短篇で子どもの頃の体験を書いている。戦後の食糧難の時代に親子で闇市に食料を探しに行ったが、思うようにいかなかったそうだ。すると赤の他人のおばさんが握り飯を「一つ食べなさい」と勧めてくれたという。その恩義が終生忘れられなかったそうで、晩年になってからその思い出を短篇にしたためたのだった。終戦後の混乱期は、アコギな商売で稼ぐ輩もいた一方で、無償の善意を発揮する人もいたのである。

飲み歩きの流儀

行きつけでない店で初めて飲むならば、それなりの流儀を身に付けておくべきだ。たとえば、吉田類氏の飲み方を見ているとやはりよそ者の立ち居振る舞いを心得ているなと感心する。彼の飲み方は割とピッチが速く、すぐに酔っ払っているようだが、黒い服にハンチングをかぶり、物腰を柔らかく、笑顔を絶やさず、地元の人から話しかけられるのを待っている。決して、常連客に無茶ぶりしない姿勢が鍵なのである。

『孤独のグルメ』の原作者・久住昌之氏とは酒場談議をしたことがあった。この漫画連載は何度か媒体を変えながら続いているのだが、その始まりはバブル期にまで遡る。当時、誰もが金に糸目をつけずにデート用のお洒落なだけのレストランに嬉々として出かけていたなかで、井之頭五郎は鄙(ひな)びた酒場に行って貧乏くさい食事を楽しんでいたのである。これはかなり先駆的だったといえるだろう。

彼は仕事で訪れた街でランチ難民となってしまい、「行きがかり上、ここに来るしかなかった」というシチュエーションで店に入る。久住氏も取材中は井之頭五郎と等身大なのだそうだ。酒を飲むことは漫画とは違うのだが。見知らぬ街の商店街を二往復すると、何らかのオーラを感じ取る嗅覚が働き、ここぞと決めた店に意を決して入るのである。早速、店内を見回して、他の客が何を食べているかを観察する。入ってすぐには少々しくじったという思いを抱くこともあるそうだが、とりあえずビール一本とつまみ一品を頼むのだ。やがてつまみがなくなってしまうから、もう一品を頼む。すると今度はビールがなくなってしまうから、もう一杯を頼む。そのようにずるずると滞在を延長してしまうのだという。最初は店に入ったことを後悔してすぐに出ようと思っても、後から出てくるつまみがうまいとつい長居をしてしまう。つまり、店にいる自分を正当化していくのである。どんな店でも探せば必ずよいところが最低一つはある。従業員の愛想が悪くても、客を放っておいてくれる店と解釈したり、相席させられたら、ふれあいの機会をもらえたと思うようにする。場末の鄙びた店や大してうまくもない料理から最大限の魅力を引き出す。**通りすがりの客として店に入り、さまざまな葛藤を経た上で、その店の風変わりなユーザーとなるのだ。**久住氏は美術家であるから、そうした一連の心の動きを楽しむ営み自体を、一種の「インスタレーション」と表現するのだった。もちろん、それができるための条件として、臨機応変な発想の転換もさることながら、謙虚かつ寛容で、開き直りの精神も必要かと思う。

貧しかった時代への郷愁

日本における食事情の変遷については、宮本常一の『食生活雑考』に詳細な記述がある。幕末まで米中心の食生活から開国後の都市における食の近代化、西洋料理の浸透、さらには調味料の歴史、食器や調理器具の変遷、味噌ブタ、タイ茶漬、田楽、タラ飯、石焼き味噌汁など古き良き絶品メニューの紹介まで、雑多ながら食欲をそそる報告が連なっている。何品かは家で実際に作ってみたことがある。味噌ブタは私の祖父の好物だった。タラ飯というのは冬に大量に獲れるタラを蒸して、丁寧に骨や皮を取り除き、白い身をほぐし、それをご飯茶碗に盛って食べる山形のローカル食で、米は一粒も入っていない。タラのほぐし身を白米に見立てているのだ。石焼き味噌汁はワッパの中に味噌と具と水を入れ、焼石を入れて仕上げるマタギ料理だ。

自分が経験し得ない遠い過去に思いを馳せるのは小説家の得意技であるが、細部を磨き上げる上で、当時、人々がどんなものを食べていたかを詳細に調べる必要がある。古いレシピを再現するのは手間がかかるが、その成果が家飲みを豊かにしてくれる。

貧しい食生活には楽しみもあることはいっておかねばならない。マイク・モラスキー編纂の『闇市』は、日本が最も惨めな食生活を送っていた占領時代の様子をドキュメンタリー・タッチで再現している。日本の場末居酒屋をこよなく愛する著者は『呑めば、都』という呑み歩き紀行も書いているが、焼け跡の闇市の痕跡を残す場所への奇妙な憧憬がある。ヨーロッパの焼け跡では復興は教会の再建から始まったといわれるが、日本の場合は闇市から始まった。闇市はリセットと再出発のシンボルなのである。実際に焼け跡や闇市を自分の目で見た人はどんなに若くても、八〇歳を超えている。モラスキーも私も占領時代を映画や小説でしか知りようがないくせに、なぜかあの時代にタイムスリップしたくなるのだ。

川島雄三の映画『洲崎パラダイス　赤信号』は埋立地の近くに栄えた労働者向け歓楽街の入口にある小料理店が舞台になっている。橋の上で途方に暮れていた流れ者の男女がバスに飛び乗り、そこに流れ着くところから物語が始まる。川べりの貸しボート屋を兼ねるその店にはこれから歓楽街に女を買いに行く男たちが景気付けに一杯ひっかけにやってくる。神田でラジオ店を営む落合という男もその一人だが、流れ者の女と懇意になる。男の方は女将の口利きで蕎麦屋の出前になる。全篇にドブ川、雨、水たまり、酒、水道、水飲みなど水のイメージがちりばめられていて、画面からは下水や安煙草、安酒、蕎麦つゆのニオイが漂い出してくる。この映画を何度も見返してしまうのは、この店で約七〇年前の酔客たちと飲んだ気になれるからである。黒澤明の『生きる』、溝口健二の『赤線地帯』にも復興期の混乱と生存競争は生々しく記録されているが、その渦中にある人々の隣で貧しい食事をしながら、復興期の絶望と希望を共有したい。**飽食とは食に飽きてしまうということで、それよりも飢餓と隣り合わせながらも、工夫を凝らし、助け合って陽気に生き延びてゆくところに人としての原点がある気がする。**

焼け跡では消し炭と焼夷弾のナパーム臭、焼死体の腐敗臭などが渾然一体となっていただろう。下水道のインフラが破壊されていれば、市中には汚水が溜まり、悪臭を放っていたに違いない。闇市に集まってきた人たちは垢臭かっただろうが、そこかしこから食欲をそそるニオイが漂っていただろう。

　闇市では、米軍御用達の売店PX付属の外国人専用食堂から出る栄養価の高い残飯を再利用したシチューが名物だったという。食堂裏に張り込み、生ゴミが出されるや激しい争奪戦を繰り広げる。残飯から煙草の吸い殻やマッチ棒、鼻紙などを丁寧に取り除き、食べ残したステーキの肉片やハム、歯形のついたチーズ、鶏の皮や豚の背脂やあばら骨、魚の頭、野菜屑や果物の芯など可食部分を大鍋でじっくりと煮込む。それを一杯五円で売り出すと、客はすいとんややきめしなど見向きもせず、この再生シチューに殺到したという。

　焼け跡からの復興が進むと、都内は開発ラッシュとなった。東京湾の埋め立て工事が盛んに行われ、土を満載したトラックがひっきりなしに往来していた。東京はどこも土砂やセメントのニオイに満ちていたに違いない。私は七〇年代の多摩丘陵の開発に立ち会っているが、あの当時も一帯は常に埃っぽく、セメント臭く、埋立地に運び出される関東ローム層の赤土のややすえたようなニオイが郊外をうっすらと覆っていた。

　今日の日本では「無臭化」が進んでいる。パリやニューヨークに漂う世界標準の悪臭からは程遠く、トイレは消臭機能付きで、ホームレスも排除され、ドブのニオイもせず、乗客も会社員も学生も脱臭に努めている。社会の無臭化には何か不吉な気配が漂う。**ニオイは自己主張であり、存在証明であり、抵抗であると捉えれば、無臭は沈黙、服従、管理のメタファ**

ーになる。生きているものも死んだものも、この地上にあるものは全て多かれ少なかれ、臭いのだ。臭いものにはむやみに蓋をしてはいけないのである。

飽食から飢餓へ

明治維新後、食生活は西洋化し、輸入も増えた。しかし戦時中、輸入は止まり、自給自足に回帰する。私にはかろうじて六〇年代の記憶があるが、日本の食料事情はまだ貧しかった。今ほどの流通網ではなく、食材の輸入にそれほど依存しなかった時代だったのだ。その証拠に「栄養失調」という言葉をよく聞いたものだ。学校でも栄養補給食品が頒布されていたのを覚えている。たとえば、サメ類の肝からできた肝油は、ビタミンなどの栄養価の高い甘いゼリー状のものだった。

食事のメニューも単調だった。ある地方ではその季節に取れるものしか食べられなかったという話をよく聞いた。新潟出身の人から聞いた話では、家が貧しくて、三食全部がカニだったそうである。今それを聞くと「よほど豊かなのだろう」と勘違いするだろうか。その実は、越前ガニは獲れたが、貧しすぎて他のものが手に入らなかったということなのだ。また北海道出身の人は、カレーにはちくわが入っているものだと思っていたらしい。東京に来ると、カレーに肉が入っていて驚いたそうだ。そういう話は七〇年代まではよく聞いたものだ。

流通も未発達で、どの地域でも自給自足が原則で、食の多様性とは程遠かった。

「飽食の時代」といわれ出すのは、七〇年代に入ってからである。それが二〇一〇年代までは続いたといえるだろうが、二〇二〇年代に入ってまた飢餓の時代が訪れる可能性が出てきた。まず、貧困問題がかなり深刻になっている。学校給食が命綱になっているような子どもが増えていて、現時点で子ども食堂が全国各地七〇〇〇店以上も展開しているという。そうした現実を見ていると、一部貧困家庭の間では飢餓が現実のものになっている。さらにはウクライナ戦争の影響もあり、食料流通に著しい障害が生じている。日本も戦争前夜のような状況になれば、再び飢餓に陥る危険がある。

戦後、日本はアメリカの食料戦略に組み込まれ、食料確保を輸入に依存する体制に変わり、食料自給率を著しく下げてしまった。アメリカのいうなりに安い小麦を大量に輸入する代わりに米の減反政策を進めた。そのせいもあり、私の世代では、学校給食で米を食べたことがない。給食ではパンしか出ず、たまにうどんのような「ソフト麵」が出るくらいであった。

食料戦略においてはほぼアメリカの一人勝ちの状態にあり、各国がアメリカ産の小麦なしには生きていけない状態になった。六〇年代以降、ロシアもアメリカから穀物輸入をしなければいけなくなった。さらにアメリカは家畜の飼料としてのトウモロコシの輸出戦略も確信犯的に進めた。中国ですらアメリカからの飼料輸入に依存するようになった。米中の対立が深まる中では、中国は食料の爆買いという自衛策を取っている。日本は相変わらず食料自給率がカロリー・ベースでは三〇パーセント台だが、肥料や飼料、卵や鶏肉の素となるひよこまで輸入に依存していることを考えると、実質的な食料自給率は一〇パーセント台にとどまっている。

鈴木宣弘の『世界で最初に飢えるのは日本』の主張は、日本が抱える食料問題への警鐘として、広く共有されるべきだ。食料自給問題は安全保障の最も重要なテーマとなっている。食料を米中からの輸入に依存している日本人は戦争になったら、真っ先に兵糧攻めに遭う。敵基地攻撃能力よりも食料安定供給のための外交、ミサイルの爆買いよりも食料自給率向上こそが急務なのだが、政府は国民が飢える心配を全くしていないかに見える。

戦前の水準まで食料自給率を上げるとしたら、誰もが自給自足の努力、最低でも家庭菜園くらいは始めなければならない。

サバイバルのための散歩

本当の飢餓が生じた時には、食べるものは自分で手に入れないといけない。人類は狩猟採集民のように歩き回って、食料を集めてくることに回帰するのだ。

戦中や戦後の食糧難の時代は、都心部にとどまってはいられなかった。農村に着物などの財産を持っていき、米と交換したり、河川敷や里山で食べられる野草を採取したりして食いつないでできたのである。まさに動かなければ、餓死するという状況だった。生き延びることができたのは普段から野原で野草を摘んだり、山で自然薯を掘っていた人である。自然と対話している彼らは、食料調達の術を知っている。今は無駄だといわれるような知識の蓄積であっても、それがいつ何時有効活用できるか、誰にもわからないのだ。

中華人民共和国成立後、二〇〇〇万人もの餓死者が出たことがある。毛沢東が一九五八年から「大躍進政策」を進めたが、その農業政策が大失敗したのである。**毛沢東は、戦争状態を作り出せば、飢餓にも耐えられるなどと無茶をいい、人々の移動の自由を制限し、餓死者を増やす結果につながった。**

飢餓が訪れると、人は食料が手に入れられる場所に移動する必要がある。私も郊外の住民として、サバイバルの意識を持ってそぞろ歩いている。野山や緑地面積が広い公園では「ここはすぐに耕作地にしないとまずいな」という目で見る。たとえば公園では春先にツツジ、サツキ、パンジーが満開になるのだが、花壇ではなく蕎麦や菜の花を植えないといけないと思う。庭のある家でも食料となる植物の種を植えなければいけないと思うのである。

食べられる植物は自生している。自宅付近の多摩丘陵で春に見られる紫色の可憐な花はエンドウの仲間だが、これは葉っぱが食べられる。そのまま食べてみると繊維が強いなと思うが、炒めると豆苗の味がする。また、多摩川河川敷に行ったら、ノビル、セリ、ツクシ、タンポポなどが生えていて食用になる。秋になると野山には栗やドングリが落ちている。ドングリは栄養価が非常に高く、イベリコ豚やイノシシの大好物である。落ちたばかりだと渋くて食えないが、しばらくしてから拾って、土鍋でゆっくりと加熱するとマイルドな味になるのだ。

しかし飢餓が訪れたら、自生している植物だけでは人口を到底支えられないので、自ら農耕作をする必要が出てくる。うちの近所にも家庭菜園や耕作放棄地で大根や菜の花などを作る人がいるし、夏ミカンやビワなど果物の木を植えている人もいる。そんな経験がある人々の方が、生きるのに有利になるのだ。成田悠輔は「**高齢者には集団自決、切腹しかない**」と**発言し、炎上したが、高齢者には集団自決させるよりも、集団農場を運営してもらった方がよいのである。**若者もその知恵やノウハウに頼ることになるだろう。

サバイバルの意識は、ホームレスの人々は普段から持っているのだろう。彼らが都心に集まるのは、レストランや食堂が多いからだろうが、飢餓の時代が訪れたならば、やはり郊外へ向かう必要がある。都心よりも郊外の方が圧倒的に人口を支えられるのだ。ホームレスの視点で散歩してみるとそれがわかるだろう。

戦国時代も人々はそのようなリアリティの中を生きていた。当時、国土が荒廃する中で戦に駆り出された足軽は元農民だったから、農耕作には長けていた。足軽が腰に持つ巾着には、蕎麦の種が入っていたらしい。戦が長引きそうになると近くの荒地を耕し、植えるのである。収穫まではわずか三ヶ月だ。最初は茎の赤いスプラウトが出る。これも栄養価が高い。そして実が実れば、蕎麦がきや蕎麦にすると、腹持ちは良い。**足軽は食料を自給する兵士のことである。いつでも畑を耕す農民になるフットワークこそが足軽の真骨頂というわけだ。**

しかし、現代では種すらも多国籍企業の意を受けた国家の管理下にあり、「育成者権」がある作物は種苗法によって自家採種が禁止されており、農家が自家採種できるのは在来種、固定種だけとなっている。現状、バイエルなどの多国籍企業の種子ビジネスのシェアが広がる一方である。加えて、農薬と化学肥料、遺伝子組み換えなどによって、耕作の自由を制限されてもいる。本当の飢餓が訪れたら、先に死ぬ人と優先的に生き延びる人の選別が起きるのである。そもそも戦時中や戦後の食糧難の時は、配給制だったのだ。闇市に行かずに法を守っていたら、餓死していただろう。実際に法を遵守するために闇米を拒み餓死をした山口良忠という裁判官もいた。つまり、生き延びるためには歩き回って、食料を調達するほかない。平時からそうしたサバイバルの意識が必要なのである。

カタストロフが訪れたら

カタストロフ（破局）にはさまざまな要因が考えられる。地震、津波はもちろん、隕石衝突、火山噴火、さらには太陽のフレア爆発などもある。太陽からのコロナ質量放出が生じると、地球規模の大停電が起きる。ライフラインの停止、原発危機、新型ウイルス感染症の蔓延などが同時に引き起こされる。そんな世界を描いたのが、拙著『カタストロフ・マニア』だった。

カタストロフに見舞われれば、これまで文明が辿った進化のプロセスをゼロから辿り直すことになる。再び石器時代に戻る感覚になるのだ。まずは飢えずにサバイバルするために、自分たちの手で食料生産を始めなければならない。空き地の全てが農地に変わる。そして当然肉を食べたくなるだろうから、家畜の飼育をするはずだ。

やがて文明を高度なレベルにまで引き上げたいと思えば、川の水などを使って小規模電力発電をする。移動手段を確保したいと思えば、自転車や人力車を使うこととなる。ガソリンや石油がなくとも、どうしてもエンジンを動かしたかったら、戦時中に使われたような、木炭の自動車やバスを開発するはずだ。これは木炭を焼いた時に出るガスが動力となるのだが、それに伴い、内燃機関を木炭仕様に改良する必要がある。

失われた技術は現代人にはわからないから、ゼロから復活させなくてはいけない。ではどうするかというと、図書館に行くのである。人文系の人間は文学や人文書の棚にばかり行ってしまうが、普段は滅多に寄り付かない、工学、土木、農業といった棚へ行って、ハウツー本から専門書までを紐解くことになるのである。医薬品の作り方や肥料の作り方も調べなければならない。**図書館を潰してはいけないのは、非常時のライフラインになるからなのだ。**

都市の人口集中は是正されるだろう。過疎化した土地がまた人間を取り戻す。『カタストロフ・マニア』でも、主人公は都心から郊外に逃れて、国分寺や武蔵小金井に向かう。すると平均年齢が高い小集団がもう既に成立していて、野川公園を耕していることになるのだ。彼を見ると「若いやつが来たぞ」と喜んで仲間に入れて、貴重な労働力として使うことになるのである。やはりサバイバルに有利なのは、小集団で協業をすること。現代のＩＴ社会のような高度なスキルの分業ではなく、生き延びるのに必要なスキルのある者が集まって、協業システムを構築することである。

そうした知恵は、家族を持つと自ずと働く。子どもができた母親は、よく出歩いて最初に公園デビューをして、近隣のママ友コミュニティに参加する。私が子育てをした時は、日本でママ友の中に入るのはなかなか厳しいものがあったが、ベルリンに一ヶ月ほど滞在した時には過ごしやすかった。子育ての負担が男女平等の社会だからだ。当時のベルリンは日曜日の子育ては父親が担当で、公園に行けばすぐにパパ友ができたのである。子どもがいることによって、新しいコミュニティに入ることができた。利害が一致している同士なので、話がわかるということもある。お互いに助け合った方が有利という気づきにもつながる。

生き延びるためには、自分から歩いて外に出ていかないと何も始まらない。歩けない人々から先に滅びてしまうのだ。もちろんそんな事態にならないことを願うばかりだ。

廃墟を歩く

廃墟マニアの一人として、全国各地の廃墟を訪ねてきた。かつてそこは多くの生きている人々で賑わい、栄えていたというが、その面影はすでになく、往年の繁華街も集会場も住宅も森林に飲み込まれつつある。町の人口に比べ、寺や墓地が多かったりすると、そこは死者の人口の方が多いということになる。私たちは死者と別々に棲み分けているわけではなく、同じ世界に共生しているのである。

生産活動の中心たる首都東京でさえ、過去に何度も廃墟になっている。関東大震災や戦時の大空襲も廃墟化をもたらしたが、江戸時代や明治の頃はよく大火が起き、広範囲を焼き尽くし、その都度、再建、復興を繰り返してきたのだった。高度成長期のスクラップ・アンド・ビルドもまた廃墟化を促進していたことになる。

戦争や天災によって廃墟化したのは都市だけではない。同じように人々の心も焼かれ、敗戦後は誰もが空っぽな心で廃墟に立ち尽くした。私たちの先祖はいつの時代も空っぽな心を何かで満たそうとしてきたのだ。

空っぽな心をカネや権力で満たそうとした者は闇市でのし上がり、占領軍に取り入り、戦前の軍部や政商と同様、人々を騙し、利権を漁った。戦争を煽った連中も戦争責任を放棄し、私腹を肥やした。そんな禿鷹はどの国にも一定数生息する。空っぽな心をエロスで満たそうとするのは健康な生存本能の証である。エロ産業のルーツは焼け跡にある。人々を戦争に駆り立てた思想もシステムも無効になり、旧来の権威が失墜すると、人々は一瞬、本能に目覚める。その結果現れる文化流行がエロ・グロ・ナンセンスである。それは大衆文化の揺り籠となった。他方、空っぽな心をコトバで埋め合わせようとしたのが小説家であり、詩人であったが、念仏や託宣で満たそうとした人は新興宗教に走った。廃墟化した心を癒すのにコトバを処方することが有効だったのだ。どのみち薬は手に入らなかったし、戦争のトラウマをケアする療法もなかったから。

誰もが生き延びるために歩き回った。そうしなければ、食料も手に入らないし、新たな仕事も見つからない。行方不明の夫や息子を探すにも、傷ついた心を癒すにも、ともかく歩き回るしかなかった。

漂着物漁り

海岸や河川敷を散歩する楽しみの一つが岸に流れ着いた漂着物漁りにある。それには宝探しにも似たワクワク感がある。

東日本大震災の津波で流されたさまざまなものがアメリカ西海岸やアラスカに漂着したらしい。海には黒潮のような巨大な海流だけでなく、沿岸にも複雑な潮の流れがあって、漂流物は複雑なルートを辿り、長い時間をかけて、旅をする。もとより漂流物に意志などなく、文字通り、潮任せ、風任せである。江戸時代に時化に遭い、船の舵や帆柱を失った商人や漁師はカムチャツカ半島に流れ着き、ロシア人に救われ、ハワイ経由で日本に帰って来たりもした。その有名人が大黒屋光太夫であり、ジョン万次郎だった。

二〇年近く前に、択捉島に行った折、海岸で昆布を拾っていたら、日本語やハングル表記のポリタンクやビニール袋などがよく目についた。ホームステイした家の小学生の娘は自分の宝物を「くみあい」と書かれたビニール袋に入れていたし、ハンドメイドの家具の材料も流木やブイ、酒樽を再利用したものだった。また二年四組誰それと名札のついた海藻が絡みついたボストン・バッグも磯で見つけ、中身を見たら、汚れた体操着が入っていたなんてこともあった。

海岸で異臭のする石を見つけたら、鼻をつまんででもよく確かめてみるといい。ごく稀だが、アンバーグリスに遭遇することがある。これは龍涎香の名でも知られているが、マッコウクジラの結石で、高価な香料として珍重されており、上物なら一キロ約二〇〇〇万円で取引されている代物なのだ。海岸を漫然と散歩しているだけでも、トレジャー・ハンターになれる可能性はあるわけだ。

過去を振り返るにつけ、漂着物と自分の意外と深い関係に気付く。小学生の頃、私はボールの類を買ったことがない。カラフルなビニール・ボール、ゴム製のサッカー・ボール、野球の軟球も全て、歩いて行ける多摩川の岸辺で拾えたからだ。夏休みの工作の素材も皮が剝け、表面がつるつるになった流木を好んで用いた。その頃の癖は今も引きずり、ニューヨークに住んでいる時も、借りたアパートがあまりに殺風景なので、ハドソン川の岸辺を物色し、形のいい流木を集め、オブジェにして、飾っていた。最近の掘り出し物は三浦半島の三崎で見つけた漁船の折れた舵である。今、我が家の床の間に鎮座している。

散歩には必ず予想外の収穫、役得がついて回る。

第4章

ニッチを探す散歩

ニッチとは何か

地球上には生物にとって多様な生息環境があり、それぞれの種はおのが生息に適した場所を占める。その生息場所や生息条件のことをニッチと呼ぶ。もともと、植木鉢や花瓶を置くような窓や壁のでっぱり、壁龕(へきがん)を意味していたが、生物学の世界でも使われるようになった。

草原、山林、砂漠、河川、海、地中、空などの諸環境の違いはもとより、寒帯を好むか、熱帯を好むかの気候帯の違い、昼行性か、夜行性かの行動時間帯の違い、草食か、肉食か、あるいは雑食か、また草の穂先を食べるか、茎を食べるか、内臓を食べるか、死肉をあさるかといった食事スタイルや食物連鎖の位置の違いなどによって、細かくニッチが分かれている。同じ場所で同じ草や同じ肉を食べているようでも、互いの活動が衝突しないように場所や行動をずらすことで共存を図っている。昼行性のワシやタカと、夜行性のフクロウが狙う餌は同じだが、昼夜交代で食い分けることで共存している。職場の早番と遅番みたいなものだ。渓流に棲むヤマメとイワナの場合は、イワナの方が冷水を好むので、最上流をイワナが占め、少し水温が高くなった水域をヤマメが占める。

あるニッチを占めていた動物が、気候変動や地殻変動などの環境の変化に応じて、あるいはほかの種に排除されて、新たなニッチに進出し、異なる生物種に進化するケースもある。

ラッコの場合は元々陸上生活をしていたが、エサ取り競争で敗北し、やむなく慣れない海に進出した。しかし、あまり泳ぎが得意ではないので、ペンギンやアザラシのように速く泳ぐ魚を捕まえられない。そこで、海底のアワビやウニばかりを食べるようになった。しかも、冷たい海で体温を維持するために、海面で日向ぼっこをし、かつ大量に食う必要が生じた。ラッコが海面という空きニッチを占めるようになったのも、海のグルメになったのも、生存競争の結果だ。

森の木の上にニッチを獲得したナマケモノは、排便のために週に一度、木から降りてくる以外は、木にぶら下がったままほとんど動かない。エサ取りもサボりがちで、極めて少食だ。そのためエネルギー消費を最小限に抑える生活様式に落ち着いた。

あとからやってきた外来種が元のニッチを占めていた在来種を圧迫し、絶滅に追い込むケースもある。ブタクサや西洋タンポポが蔓延るようになったのもこれに当たる。日本の湖沼でシーバスやカミツキガメが増えているのも同様だ。多くの場合、侵略者は先住者よりも適応力や競争力が強いことは人類史が如実に示している通りだ。

生物界に起きることは人にも当てはまるし、多くの人口を抱える都市でも見られる。都市生活者たちは誰しも自分に適ったニッチを見出し、ハッピーに暮らしたがっているが、誰もが似たような欲望を追求し、同じような生活スタイルを求めるので、競争が激しい。しかし、多少好みをずらせば、まだまだ空きニッチはある。元のニッチを追い出された人も、新たなニッチに潜り込み、別種の生き物に変わり得る。たとえば、環境の変化や排除を受けた者は、移住したり、転職したり、出家したり、ドロップアウトしたり、リセットしたりして、別のニッチに進出しようとする。死者はあの世という新しいニッチに進出し、独自の進化を遂げるが、この世に未練がある死者は、夜と朝のあいだ、人気（ひとけ）のない辻や森に自分のニッチを確保しようとする。

ビジネスの領域でも、ニッチ産業、ニッチ市場といった使い方がされている。自然界同様、産業界でも生き残りを賭けた競争は熾烈で、まだ誰も手を付けていないニッチを求めて、知恵を絞っている。その成果はアイデア商品とか、新種のサービス業となって現れる。B級グルメ、ノンアルコールビール、高齢者向け携帯電話などがこれに当たる。もとより、産業の儲かる分野はすでに誰かが占有しているので、あとから参入する者は空きニッチを探すほかない。戦後の産業界では、すでに鉄鋼、化学、石油、金融業などの諸産業には参入の余地はなかったが、娯楽、コスメ、ファッションなどは空きだらけだった。大きな技術革新があり、産業転換が生じると、そこには巨大なニッチが生まれる。

人は働く時にも、最初に自分がどの産業の労働市場に参入できるかと考える。何らかの特殊技能があれば、それを生かそうと思う。得手不得手から好みの問題までを含めて、職業選択の段階からニッチ探しは始まっているのだ。今日ではウーバーイーツの配達などのシェアリング・エコノミーもあって、特殊技能がなくともニッチを確保することもできる。他にもヤクザの世界にも縄張りがあって、自分たちのしのぎを確保するために、なかなか熾烈なニッチ競争をしているわけである。

ところで、**あの世は自然界には存在しない。それは人の脳が作り出した想像上のニッチである。この種の想像上のニッチには、あの世のほかにも、夢、地獄、天国、妄想、無意識、電脳空間などが含まれる。また、都市には無数の人工ニッチが築かれており、人々は必要に応じて、使い分けている。病院、刑務所、図書館、公園、カフェー、劇場などがそれに当たる。**

今日も心定まらぬ人々が自分にふさわしいニッチを探して、彷徨っている。老若男女の違い、所得の違い、知性や能力の違いに応じて、棲み分けをし、また食い分けをしているので、表面的には平和的に共存しているように見えるが、水面下での駆け引きや競い合いは熾烈で、排除される者も少なくない。そういう人々は自ずと死者との関係を深めることになる。ホームレス、破産者、犯罪者、逃亡者、自殺志願者たちはいうまでもないが、その予備軍である職なき人々、希望なき人々、孤立無援な人々もまた、死者たちと同じニッチで共存することになるからだ。（参照：『ニッチを探して』島田雅彦　新潮文庫）

身近なニッチを探して

散歩と連動させて考えてみよう。人々はそぞろ歩きながら何をしているのかといえば、自分にふさわしいニッチを探し歩いているということになるだろう。

大学の講義では、ニッチの簡単な定義を教えた後に、学生たちに「大学のキャンパスの中で、君のニッチといえる場所はあるか？」と問いかけたりする。心が安らぐ場所、自分が偏愛している場所、自分の縄張りと勝手に決めている場所、何でもいい、というと、早速、「サークル棟の一角にちょっと窪んだ場所があって、そこに椅子を置いて壁と向き合いながら一人で考え事をしています」などと返事が返ってくる。わざわざ狭いところに自分を詰め込んで、一人になれる時間と場所を確保している。子どもは押入れの中に入りたがったり、秘密基地を作りたがったりする。大人も公共の空間に、縄張り意識が無意識に働いていて、自分の好きなトイレや便器を指定することもある。私も大学の校舎にマイ・トイレがある。どの便器も同じではあるのだが、そこに身を置くと、どこか落ち着くのである。ロシアの宇宙ステーション、ミールにも宇宙飛行士が頭を入れてプライバシーを確保できる「礼拝所」みたいな隙間があったという。

そんなニッチの一つとして、行きつけの飲食店が位置づけられるだろう。いつも通っているカフェーだったら、この席じゃないと嫌だというこだわりがあったりする。図書館で自習する時も、お気に入りの席を確保したくて、開館時間の前に早くから並ぶこともある。都市の公共空間において、どれだけ自分のニッチを増やしていけるか。それが散歩のミッションにもなってくるのだ。

私は外国の都市を訪れた時も、自分の小さなニッチをどれだけ増やしていけるかを常に考えていた。犬のように縄張りを作っておきたいという感覚に近い。その都度、行きつけのカフェーやバーを作って何年か後に訪れて、店は変わっていないか、そこで働く人は元気にしているか、メニューは変わったかをわざわざ確かめに行くのである。

初めて訪れる都市であったら、通常は一日目に急ぎ足で観光名所を見物し、土地勘をつけるだろう。次の日からは本格的に路地歩きに徹する。いわば、路地コレクターとなって、繁華街の通りを一通り踏破することを目指す。気ままに地図を持たずに、自分から迷子になるというやり方もある。電車に乗って、適当に降りた駅で、ふらふらとランダムに歩き回る。結果一度、迷子になれば、そこからどうやって帰還するか、新たなミッションが生まれる。

的にガイドブックに載っていない裏街や、未開拓のニッチが発見できることが多々あるのである。

パリを訪れた時にも、観光客や買い物客が集まるような中心部には興味をそそられなかった。エッフェル塔でポーズを取ったり、シャンゼリゼで買い物をする往年の「お上りさん」の真似をしたところで、国会議員でなくても笑われるだけである。それより北駅周辺などモロッコやアルジェリアからの移民も多く、イスラム色が濃厚な移民街の方に足が向いてしまう。ふらふらしているうちに、露天商が集う市や古着や骨董を商う蚤の市に遭遇する。モーリタニア産のカラスミを発見し、爆買いしたこともあった。腹が減ったら店でクスクスを食べる。物価はシャンゼリゼに比べれば、約半分だ。

都市を歩く時には、自分が身を置くのにふさわしい場所、懐具合に見合った場所を常に探している。ガイドブックにない場所だったら、自分だけの特別なニッチ感が高まるだろう。都市をほんの少しずつ私物化していくことを、かつてはたおやかな植民地政策と呼んでいたのだった。

ニューヨーク散歩

これまでに何度もリピートした海外の都市は多い。ニューヨーク、ヴェネチア、アムステルダム、モスクワなどだ。そんな都市では「またいつか戻ってくるだろう」という思いがあるのだ。

初めての経験ながら、かつて経験したように感じる「デジャヴ」は、色々な原因を説明できるが、その場所に「また戻ってくるかもしれない」という予感に由来するという。またパラレルワールドに迷い込んだ記憶が残っているからだというSF的な説もある。

ニューヨークは八〇年代後半のパパ・ブッシュ時代や二〇〇八年からのオバマ時代にそれぞれ一年ずつ暮らしたこともあり、折に触れ、何度も訪れた都市である。だから自分のニッチを何ヶ所も持っていて、再訪時には自ずと足が向いてしまう。

ニューヨークは世界の縮図となっていて、路上を散歩しているだけで、世界各地を散歩している感覚を得られる。世界経済・文化の中心であるだけでなく、各国からの移民が共生するコスモポリタンといっていい。ユダヤ人のコミュニティもあれば、隣接してパレスチナ人のコミュニティもある。ウクライナ人とロシア人も隣り合うように暮らしている。大きなチャイナタウンもあるし、それに侵食されつつあるリトル・イタリーもある。ミッドタウンの一部はコリアンタウンとなっている。東京に住んでいると、新聞の国際面の記事はどこか縁遠く感じてしまうが、ニューヨークでは非常に身近に感じるのである。

私がニッチ指定したお気に入りの場所はたくさんあった。たとえば、セントラルパークの広大な敷地の中で、古い地層の大きな岩がゴッゴッと転がっている岩場があって、休憩や妄想にうってつけだった。敷物を持っていって、寝転がったり、茶を飲んだりする。まるで野点気分を味わえるような一角なのである。

そして、スタテン島行きのフェリーも大好きだった。マンハッタンの沖合にある比較的大きな島だが、通勤圏なので大きなフェリーでピストン輸送をしている。マンハッタン南端のウォール街に近いバッテリーパークという公園が港になっている。そこからスタテン島に用事はないのにフェリーに乗る。自由の女神はこのフェリーから眺めると、最もフォトジェニックになる。自由の女神があるエリス島に行っても、近過ぎて足元しか見えない。

ブルックリンの南には、ブライトン・ビーチという街がある。コニーアイランドという廃園となった遊園地の隣町である。そこはちょっと変わった街で、ロシアからの移民が多く、ユダヤ人も住んでいる。街ではもちろん英語は通じるのだが、ロシア語やイディッシュも通じる。ニューヨークでありながら、半分はロシアなのである。安くてうまいロシア料理店も多く、マンハッタンの二分の一の値段で堪能できる。キノコの酢漬けやペリメニをつまみにヴォトカを飲んだ。ロシア語を喋ると、歓迎してくれるので、よく出かけた。マンハッタンからは一時間ほどかかるのだが、東京から江の島に遊びに行く感覚に近い。

イースト・ビレッジには、行きつけのバー「ＫＧＢ（ソビエト時代の秘密警察）」がある。

小説『パンとサーカス』にも登場させたバーなのだが、実在する。インテリアとしてソビエト連邦の赤いハンマーのマークまで掲げられている。実は詩人が朗読会を開く文学カフェーなのだ。

初めて名前に惹かれて入った時に、日本人の店員がいて大阪弁で「島田雅彦やん」といわれたのだった。その十数年前に日本からやってきたのだという。サザンオールスターズがニューヨーク公演をする時に訪れて、そのまま居ついてしまったのだそうだ。私はそのバーがお気に入りとなって、いつしか通うようになっていた。

チャイナタウンには行きつけの中華屋があった。そこは水槽で飼っているミルガイの刺身を食べることができた。また、研究員として赴任したコロンビア大学のキャンパスの中にも、居心地の良さを感じる木陰のベンチがあった。

ヴェネチア散歩

ヴェネチアはなぜか縁が深く、リピート回数一〇回を超える。長い時は半年間住んでいたこともあり、本島はほぼ歩き尽くしたので、迷路状の地理は完全に身体化している。私が住んでいたのはヴェネチアの中心部だったが、近くにはサン・ジョコモ広場、フラーリ聖堂、リアルト橋などの観光名所があった。住んでいたアパート自体が、フランチェスコ・アイエツというユダヤ系の画家が生まれた地で名所でもあった。日本のガイドブックには載っていなかったが、ドイツ人の持っているガイドブックには載っていたようだ。だから朝、パジャマでゴミ捨てに行くと、家の玄関先で観光客に写真を撮られてしまって、決まりが悪かったこともあった。

ヴェネチアでも、自分のニッチ・コレクションを増やした。たとえば、辻々のちょうど壁の縁（ふち）となっているところに、丸っこい石が埋め込まれている。そこは昔、立ち小便をするポイントで、数百年分の小便が染み込んでいて、今でも臭うのである。昔の人々も犬がマーキングをするように、ニッチを作っていたのだろうか。また、一五世紀頃には娼婦の溜まり場だったというおっぱい橋（ポンテ・デッレ・テッテ）も近くにあった。そうした場所に目的もなく、佇んだりするのが好きだった。

橋といえば、近所のリアルト橋は名所として知られていて、多くの人が集まり、自撮り棒を使って記念撮影をしているような場所だ。しかし、橋のたもとの隅っこにまでは目がいかないものらしい。そこには顔のないマリア像があるのだ。もう擦り切れてしまって、のっぺらぼうになっていることはあまり知られていない。

サン・マルコ広場には、高級カフェーがいくつも並んでいるのだが、その中の一つに世界最古のカフェー「フローリアン」がある。観光客がたくさん来る店で、テーブルに座るとえらく高くつくのだが、立ち飲みをしていると普通の値段なのである。

本島以外の島にも、ニッチを作った。たとえば、伝統的なヴェネチアン・グラスで知られるムラーノ島。船着場の近くに非常にレトロなゲームセンターがあるのだ。ほとんど観光客が来ないから、ゲームはやり放題で、ビリヤード台も球をつき放題。そこに併設されたバーでイタリアの蒸留酒・グラッパを飲むのである。暇つぶしにはうってつけの素晴らしい場所だった。

心霊スポットとしても知られる、無人島のポヴェーリア島にも行ったことがある。かつては人が住んでいたのだが、今はもう誰も住んでいないのだという。そういう島へは船を持っている知り合いに日曜日に頼んで連れて行ってもらった。その島には一八世紀、ペスト患者の隔離病院があったのだった。ヴェネチアは狭い街だったから、伝染病患者を隔離したのである。今はただ廃墟だけが残っている。幽霊が出てきそうな不気味な場所であった。

ヴェネチアの歴史を振り返ると、その起源は地上の生息域を追われた人たちが、新しいニッチとして開拓した都市なのである。五、六世紀頃に、蛮族の侵入によって陸地から駆逐された人々が砂州に住み着いたのだ。人が住めないような湿地だったが、堅い木の杭を無数に打ち込み、その上に石を積みあげて町を造った。それがヴェネチアの始まりなのである。木は水の中では腐らないらしく、一五〇〇年近く経過した今も、堅牢な支えとなっているのである。

　イタリアの人々が誇る都市・ヴェネチアだが、その先祖は負け組だったのだ。日本で喩えるならば、平家の落人が陸上を追われ暮らせなくなって、浅瀬の海辺のほうまで逃げて、そこに杭を打って海上生活をするようなものだろう。

　都市として成立したのは一一世紀頃だから、一〇〇〇年の歴史のあいだに蓄積された痕跡がたくさんある。だから、ピラミッドと並んで世界で最も早く観光地となった場所なのだ。最も繁栄した時代は諸説あるけれども、大体一四世紀頃で、大航海時代にはすでに黄金時代を過ぎていた。

　なぜ一四世紀頃が絶頂だったかというと、東方貿易を一手に引き受けていたからだ。アドリア海に面しているから、地中海を東に向かっていけば、現在のイスラエルのテルアビブ付近に着く。そこからは陸路でエルサレムまで行く。その関係上、ヴェネチアの最初の産業は造船である。今も造船所跡としてアーセナルという地名が残っている。

　ヨーロッパ各地から来た十字軍兵士を乗せた軍船はエルサレムを目指す傍ら、香辛料や天文学や恋愛詩など当時、最先端を走っていたアラブ文化を仕入れて、故郷に戻ったのだ。ヨーロッパから東方の入口たる地域、つまりイスタンブールやエルサレムへの海運業として栄えたわけだ。

大航海時代に航路が変わってからは繁栄からやや遠ざかった。アフリカ回りのダイナミックなルートが開発されたことによって、インドにも直接行けるようになった。その時期からヴェネチアは他の生き延び方を考えた。レース編みやガラスなどの特産品を作ることで、観光立国に向かったのである。一八世紀にはすでに観光都市として栄えていて、ナポレオンやゲーテも訪れている。ゲーテは『イタリア紀行』（一八一六〜二九年）で、ナポリなどとともにヴェネチアの魅力を書いていた。

大昔からヴェネチア商人の手によって、あらゆる商業活動の中心となっていたのだった。だから色々な地域から来客があった。日本人も戦国時代に天正遣欧少年使節の四人の少年たち（クアトロ・ラガッツィ）が訪れている。ローマ教皇にも謁見しているが、その足でヴェネチアも訪れて、ドージェ（長官）にも面会していた。建築史家の陣内秀信氏から面白い話を聞いたことがある。彼はヴェネチアに留学経験があるが、ある時、ドージェ（長官）の末裔の屋敷に招かれたそうである。当時の当主が「私どもが日本人をこのようにお招きするのは二度目です。一度目は天正遣欧少年使節でした」といったという。それを聞いた陣内氏はどう思っただろうか。京都人が応仁の乱を「この間の戦争」と呼ぶのに近い感覚なのかもしれない。

バーカロのはしご

ヴェネチアは散歩のためにあるような街である。本島と周辺の島（リド島を除く）の交通機関は水路ではヴァポレットとゴンドラとモーターボートが使えるが、陸では基本、足だけなのだ。荷下ろしの荷車と子ども用の自転車と三輪車は使用できるが、大人が移動する自転車は禁止されている。だから重たいスーツケースをガラガラと引きずっていかなければならず、その音はうるさくてしょうがなかった。駅から船に乗って、S字形の運河を通り、中心部のサン・マルコ広場まで行くと、三〇分かかるが、早足で歩けば、一五分で着く。本島内なら、大抵のところは一五分以内で行ける。

本島に住んでいる人口は五万人だが、昼間は島外から働く人々、学生、観光客などが大挙してくるので、三五万人にまで膨れ上がる。昼夜で七倍もの差があるのだ。昼間は観光客で溢れかえっていて、狭い道では太っている人だったら一人しか通れない。道で向こうからやってくる人が通り終わるのを待つということもあるのだ。一方で深夜はゴーストタウンのようになる。ある時、他の都市で用事があって、午前二時頃に本島に帰ってきたことがあった。車は入らないから大駐車場に駐めて歩いて帰るのだが、夜は皆寝静まっているから、歩いている人など一人もいない。どこかのアパートから、病人なのだろうか、ウンウンと唸る声が不気味に反響していて、気味が悪かったことがある。

ヴェネチアは季節によって歩き方が変わる。夏は観光客を避けながら、渋滞している中を歩く。冬は海水温と外気温の差が激しいので、霧が発生して視界が二メートルほどになるのである。視界がぼやけた中を歩いていると、通行人の誰もが幽霊のように見えてくる。ある時、霧に霞む沖の方を見ていると、海面の上を歩いている人が見えたことがあった。スマホのカメラで拡大して確認しても、やはり人である。蜃気楼かと思ったが、やや霧が晴れたところで、漁師がアサリを採っていることが確認できた。ヴェネチアは砂州であるから、場所によってはかなり遠浅になっており、潮干狩りができる。名物がボンゴレ・スパゲティになるのは当然である。

それから一一月から一二月にかけて、アクアアルタという高潮が頻繁に発生する。島には微妙な高低差があるのだが、低いところから全部水浸しになっていく。まず、サン・マルコ広場が水浸しになる。そこに八〇センチほどの長細い踏み台を並べ、臨時の歩道を作り、歩行者はその上を歩く。ただ、高潮が一メートルを超えれば、臨時の歩道を歩いても濡れる。アクアアルタの季節は水も結構冷たいし、歩く速度はずっと落ちてしまう。この時期にヴェネチアを訪れた人は必ずゴム長靴を一足買う羽目になる。長靴で水を跳ねちらしながら歩くこと自体を楽しむ余裕を持ちたいところだ。胴体のところまである長靴を履いている地元民は我が物顔で闊歩しているが、困っているレディを見つけると、お姫様抱っこか、太めの人はおんぶで水浸しの池を渡してくれる。

通りに水が溢れれば、路面店の売り場やレストランの中にも水が入ってくるから、皆水浸しの中で買い物をし、食事をするのである。私が住んでいたアパートは一階の部屋だったが、階段を五段ぐらい上がったフロアだったため、なんとかセーフだったのだが。二〇一九年には過去五〇年で最も高い、一八七センチまで水位が上がったらしい。サン・マルコ広場でウェットスーツを着た人がサーフボードに乗っている姿まで、テレビの映像で映されていた。

ヴェネチアは観光地ゆえ総じて物価は高いものの、シーフードは新鮮なものが比較的安く手に入る。ヴェネチアの海には、北方のチロルからブレンダ川が流れ込んでおり、冷たく澄んだ水なのである。だから、アサリのほかにもスズキなどのシーフードが名物となっている。スズキはちょうど汽水域の魚だから獲れるのだ。よく食べられるカルパッチョは、ほとんどスズキで作る。魚市場でもスズキは安かったのでよく購入した。白身であっさりして食べやすいのだが、半年の滞在でどれだけのスズキを食べただろうか。

一番大きな魚市場が近所のリアルト橋の側にあったから、魚好きの私はよく買いに行っていた。市場で魚を買う観光客はほとんどいないので、東洋人の私が行くと目立ったようだ。目利きのように新鮮な魚を選んでいくから、市場では「東洋人の男がいつも良いところを持っていく」と噂になっていたらしい。それを聞いて光栄だったことを思い出す。

ヴェネチアの楽しみは、なんといっても飲み歩きである。あんなに酒飲みにフレンドリーな街はない。滞在中はいつも本島を縦横に飲み歩いていたのだ。現地でバーカロと呼ばれるバーが無数にあった。小さなカウンターがあるだけのミニマムサイズの店で立ち飲みをするのである。フィンガーフーズのつまみ「チケッティ」がウィンドウの中に並んでいて、それを頼むのである。たとえば、オリーブとセロリとタコのマリネが串に刺さったもの、グリッシーニの生ハム巻き、大きめのオリーブの種を抜いて中に挽肉を詰めて揚げたものなど。それらをつまみに、イタリアのスパークリングワインであるプロセッコやスプリッツを飲むのである。

ハッピーアワーもあった。早いと四時から飲み始めるのだが、次の店はほんの数歩先にあるから何軒もはしごできるのである。ふらふらと飲み歩きながら、途中でパスタで腹ごしらえをしたりする。だから最低でも四軒、多いと六軒ほど飲み歩くのだった。そうして、行きつけのバーカロを増やしていった。

しかし毎回外で飲んでもいられないから、節約のため家でも飲んでいた。酒屋でペットボトルに樽から出したワインを詰めてもらうのだが、一リットルで二ユーロだから、せいぜい三〇〇円程度だろうか。駅の売店で買う五〇〇mlのミネラルウォーターより安いことは確かめた。一回に六リットル買うのは歩いて帰る際に左右のバランスがいいからだ。来客があった時は、その減りも早く、三日後に買いに行ったから、店主には「この人、依存症?」という顔で見られた。

ヴェネチアにいる間は生涯で最もよく歩いたといっていいが、その分はしご酒を重ねたことになり、酒量の方も生涯最大となり、その当然の帰結として痛風になったと思われる。散歩のついでに飲み過ぎて、痛風で歩けなくなるというのは情けない。

歩ける都市へ

ヴェネチアのように徒歩移動に特化したウォーカーズ・フレンドリーな都市は、世界にいくつもある。ニューヨークのマンハッタンでも、車を持っている人は少ない。普通に暮らしていく分には何処へ行くにも、地下鉄が充実しているし、細い島だからその東西の端から端まで歩くこともできる。高いビルから見下ろせば、東西の両側が見える。オランダの地方都市である、ハーグ、スケベニンゲン、デルフト、ライデンも徒歩仕様の街だ。大学街であるライデンは、ヴェネチアと同じように車の通行は一切なく、大駐車場に車を駐めて街中は徒歩で移動することになっている。そうしたオランダの小規模都市は完全に徒歩仕様になっているのだ。

最近、各地の大都市を部分的にそのように再開発する傾向がある。ドイツの都市は工業都市の川べりを公園にしているし、ソウルも渋滞の中心地だった清渓川周辺を再開発して、川べりに降りていける遊歩道を造った。そうすることで人の流れが蘇るのだ。車の通行のために高速道路などを造るのではなく、人が歩ける都市を再生するということが、今後の都市計画の要になるだろう。

日本も同様だ。かつては日本各地何処にも焼け跡の闇市の面影を残す路地があった。雑多に小さな商店が集まった猥雑な雰囲気は、再開発を重ねるうちにどんどん消えつつある。特に地方都市は、駅前に駅ビルを造る再開発を行い、何処も極めて似通った景観に変わってしまった。再開発で駅ビルを建てれば、消費行動が促進されるというのは大きな勘違いであって、その手の再開発で得をするのはゼネコンと地権者と利益誘導をした議員だけだ。実際には人通りがさして増えるわけでもなく、地域経済の活性化には必ずしもつながらない。駅前の風景やレイアウトは標準化され、都市の個性は消失する。

都市計画に素養のある建築家が再開発を手掛ける場合は、そのようなことは絶対にしないだろう。秋田駅前の商業施設の再生プロジェクトでは、都市計画に詳しい地元の建築家が進言をしたそうである。近くの空き地を駐車場ではなく、芝生の公園にした。すると市民が集まるようになって、弁当を買ってきて広げて食べるような場所になった。それから地元の居酒屋のあるシャッター通りの再開発を行うことによって、客足が戻るようになったという。

実は焼け跡の闇市のような雰囲気が日本で一番残っているのは東京だ。ここ二〇年もの間、東京の人たちの間でいわゆる「居酒屋放浪」が流行っている。その先駆けである『孤独のグルメ』や『酒場放浪記』の人気を見ればわかるだろう。急行も止まらないような駅までわざわざ出向いて、下町の鄙びた名店を経巡って飲み歩いているのだ。

ではなぜ、人々は場末に行きたがるのか。六本木、表参道、丸の内などの華やかな場所にも行こうと思えば行けるはずだ。これに関しては、人間の本能から分析するべきである。**日本は古代からの歴史的に長いスパンで考えると、飢餓で食糧難だった時代が長く、そうした時代にどこかで回帰しようとする本能があるのだ。**先祖から受け継いだ記憶が無意識に刷り込まれていて、その原点にノスタルジーを感じている。一種のミニマリズムだといえるだろう。

コラム②　縄文の視点から東京を眺める

中沢新一氏が東京を縄文時代の地図に基づいて歩いた『アースダイバー』は名著である。縄文時代は縄文海進によって海面が上昇し、今よりも水位がずっと高かった。東京二三区はかなりの部分が海だったのだ。その海だったところを沖積層といって、ずっと陸だったところを洪積層という。当時と比較すると現代の東京の地図というのは、もうガラリと変わってしまった。かつて陸だったのは武蔵野台地や多摩丘陵の岬だった。そうした縄文の視点から東京を眺めることが都心徘徊の大きなテーマとなった。

小学生の頃の奇妙なトラウマのせいか、土地の海抜がやけに気になる。少年時代を過ごした家は、多摩川に注ぐ三沢川という川に面していた。家は自分たちで架けた木製の橋を渡ったところにあり、裏手には多摩丘陵が迫っていた。台風の季節になると、たびたび三沢川が氾濫し、広い庭が水浸しになった。それこそ池に浮かぶ金閣寺のようになるといえば、聞こえはいいが、完全に孤立し、逃げ場がなくなるのである。高度成長期には至るところにこのような危うい住環境があった。水位は徐々に上がってくるもので、親に玄関で水位を見張っているようにいわれたものだった。幸い床上まで水に浸かったことはなかったが、汲み取り式便所の汚水も庭に流れ出し、極めて不衛生だった。こうした水害の経験がトラウマになっていて、ヴェネチアに住んだ時もアクアアルタという高潮で水位が上がった時に、少年時代を思い出してしまった。だから、マイホームを購入する際の絶対条件は、縄文時代も陸だった洪積層でなければならないということだった。そうした事情から多摩丘陵の高台を選んだのである。ここは海抜が約六〇メートルで、我が家が浸水したら、東京二三区は全て水没する。

東京を徘徊する時も常に海抜を注視しているが、隅田川や荒川の沿岸、すなわち北区や荒川区、板橋区などは低地である。そうした場所はハザードマップを見ていると、台風や高潮など諸条件が重なると、水害に見舞われる可能性がある。小説『カオスの娘』で書いたことがあるが、洪水が襲ってきた時に心配なのは隅田川、荒川流域だけではなく、地下鉄の路線も水路に変わってしまうということだった。北区や板橋区の地下鉄の駅に水が流れ込んでしまうと、地下鉄の路線がそのまま水路になってしまい、東京西部の低地、江戸川橋や新宿歌舞伎町、渋谷、目黒まで到達するのである。だから海抜の低い地下鉄の各駅には、水が入らないようにするための防水扉の用意がある。

渋谷や新宿も海抜は低い。渋谷川と新宿川は今は暗渠（あんきょ）となって全部地下に流れているのだが、大岡昇平の少年時代には、渋谷川は地上を流れており、サワガニやザリガニがいた清流だった。新宿の歌舞伎町のメインストリートの花道通りはといえば、元々は蟹川という川だった。歌舞伎町の辺りを水源とし、最終的には神田川に注ぐ約三キロほどの短い川だったのだ。今でも暗渠化し、地下を流れている。**歌舞伎町は、川の上に浮いているような街なのである。身体の七割は液体である人間も、水のように低きに流れ流れて、歌舞伎町に辿り着くのかもしれない。**大久保公園やトー横に集う少女や彼女たちをたぶらかす輩たちも例外ではない。

『アースダイバー』にもあるが、昔から陸地だった場所の一つの目安は、お寺や墓地である。縄文時代から人を埋葬する時は、丘の中腹くらいに横穴を掘って埋める習慣があった。その後もお寺や墓地はそういう場所を選んで建てられたのだ。天災などの影響を受けにくい場所を墓地や聖地にする原則は縄文時代から継承されてきたといっても過言ではない。

また、江戸の設計自体も一応風水の原理に基づいているので、地形との関係性が熟慮されていた。ちょうど寝そべるタイガー&ドラゴン、龍虎に守られた盆地のような土地がよいとされていて、上野の寛永寺や神田明神、遠くには日光を控えさせることで結界を張り、風水的に守られるよう設計した商業都市である。

ヴェネチアは水の都といわれるが、東京もかつては水路が縦横に走る都市だった。それが今では多くが暗渠となって、地上には細長い公園のような遊歩道ができている。そんな暗渠を巡る散歩をやってみるのも一つだろう。

若者の街となった原宿や表参道は地形的には面白い。明治神宮を頂点として表参道まで下がる坂道になっているが、原宿にはかつて水路があって今ではモーツァルト通りやブラームスの小径となっているのである。

他にも昔は三鷹の方から玉川上水が流れていて、東京二三区の水道供給路だった。今は埋め立てられて暗渠になっていて遊歩道となっている。歌舞伎町の新宿区役所からゴールデン街へ向かう道も公園のような遊歩道になっているが、あそこは元は小川だったのだ。九品仏や上野毛の周辺には、等々力渓谷に繋がる水路の残滓だってあるのである。

東京を還流する大きな川としては荒川と隅田川があるが、その支流が無数に流れていたのだった。荒川や隅田川が動脈だとすれば、静脈や毛細血管に当たる水路がたくさんあったのだ。暗渠マップを見ると、血管のように網羅的に張り巡らされていることがわかる。江戸時代や明治時代に使われていた水路を辿ってみるのも良い。古の記憶を持っていれば、散歩は豊かになるのだ。

第5章

都心を歩く

——十条・池袋・高田馬場・阿佐ヶ谷

十条銀座

東京都北区の十条から東十条は、私もよく飲み歩く。そこに通うようになって、かれこれ二〇年近く経つ。**夜が更けるとだんだん家に近いところに向かおうとする帰巣本能が働くせいか、大抵の人は自分が暮らす鉄道の沿線から離れようとしない。**私の場合、勤務先の大学がある市ヶ谷から新宿経由で小田急線に乗って帰宅するので、大学と自宅を結ぶライン上、すなわち市ヶ谷、新宿、代々木上原、下北沢あたりの店に偏りがちだった。

ある日、意を決して、神奈川県民にとっては馴染みの薄い埼京線に乗って、家とは逆の方向へ向かってみた。これは横浜に住んでいる人間が中央線沿線で飲むこと、中央線沿線住人が北千住で飲むことと同様に勇気ある決断なのである。最初に赤羽の飲み屋街にハマってから、北区の駅を一つ一つ制覇していこうと企んだ。その過程で十条、東十条のリピーターになり、街に潜入して飲み歩く「**もぐらドリンカー**」となったのだった。

最後にこの界隈を訪れたのはコロナ禍以前だったから、もう三、四年ぶりだ。いつも夕方の早い時間から、十条の商店街をそぞろ歩く。二〇二三年三月下旬、今日も午後二時から商店街を隅から隅まで歩き、閉店した店、新たに開店した店をチェックすることにした。

駅に降り立つと、西口では再開発のシンボルになるであろう駅ビルが建設中だった。駅前の不動産屋で賃貸物件の情報を見てみると、商店街を抜けた先の住宅街にあると思しき物件が出ていた。家賃は意外にも割高だと思いながら、その間取りを見れば、やはり下町らしい設えとなっている。公道からすぐ入ったところに玄関や茶の間があって、プライベートスペースとパブリックスペースが密接しているのである。ほぼ庭はないようだから、玄関先に鉢植えを置くのだろう。

不動産屋から裏道に入るとすぐ左手に、せんべろの最初の聖地「斎藤酒場」が見つかる。昭和三年に創業した老舗の名店で、『酒場放浪記』の吉田類も来ている。いつも比較的高齢の常連客が集っていて、その鄙びた雰囲気とタイムスリップ感溢れるつまみが魅力である。さらに通り過ぎて進むと、十条銀座のアーケードにぶつかる。

このアーケードにはかなりの数の店舗が密集している。チェーンの飲食店もちらほらあるものの、個人経営の商店がまだ多くある。そうした商店を眺めながら、地元の人々がどのような暮らしをしているのかを想像するのだ。家を探す時にも物件の下見をした後には、近くの駅周辺の商店街を歩いてみることが肝心だろう。実際に歩いてみて地元の名店に惹かれて、その街の住人になることもあるだろうから。

たとえば、八百屋や惣菜屋は物価の一つの目安になるだろう。惣菜屋では小盛りの惣菜が豊富であることから、近隣には独身者が多いことが窺い知れる。十条のような下町のローカルな居酒屋には、飲むだけでなく食事に来る客も多いのである。定食はもちろん、ハムエッグなどのサイドメニューも豊富にある。さらにはうどんやそばを二〇〇円台の破格で提供する飲食店も見つけた。家賃は高くとも、物価の安さで元を取れそうである。

商店街を歩く際に、気になる店をチェックし、自分だけの買い物マップを作ってみるのもよいだろう。たとえば、二〇〇〇円と予算を決めて、どれだけお値打ちのものを買い集めてこられるかを同行者と競ってみても面白い。制限時間を決め、それぞれが商店街を一周し、待ち合わせの場所に戻ったら、互いに戦果を自慢し合うのだ。

まだ昭和の雰囲気を残した昔ながらの味噌屋、鳥獣店、お茶屋といった商店にも出くわす。普通だったら経営難に陥ってしまいそうだが、そうした昭和の専門店にも地元の客が絶えず来ているのだろう。そしてキンコー堂をはじめ、古くからの洋品店もいくつかあるようである。こういう店で気まぐれに靴下を買うこともあるのだが、洒落で「高級品」と書かれているが、五足で一〇〇〇円という安さだったりする。

一方で十条はエスニック料理店やハラールフード店も多い。十条駅のすぐそばにはクルド

十条銀座。

家庭料理屋「メソポタミア」があるが、東京にいるクルド人のコミュニティとなっている。

メインのアーケードを出てから、電車道へ向かって歩いていく。すると線路のすぐ横を細長い道が通っているが、これは電車好きにはたまらない散歩道だ。都心に通う人間は高架線路ばかり見上げているが、ここでは歩道から驚くほど近くに線路があるのである。

再びアーケードを通って十条駅前に戻ってくると、店が微妙に変わってしまったという印象を抱いた。十条銀座には行きつけのパン屋「丸十サンドール」があったのだが、付近を歩いてみても見つけられず、どうやらしばらく来ていない間に閉店してしまったらしい。昭和三四年に創業した老舗で、コッペパンが名物だったのだ。

続いて、十条駅近くの踏切から線路の向こう側に渡って、演芸場通りと呼ばれる十条中央商店街を歩く。十条銀座とはまた違った風情の通りで、その名は大衆演芸場「篠原演芸場」があることからつけられている。演芸を見に入ってみたことはないのだが、今日の演目を見ると太宰治の『人間失格』で、料金は大人二〇〇〇円の設定だった。

演芸場のすぐ近くには大衆割烹屋「田や」がある。昭和二八年に創業した名店で、秋田をはじめとした豊富な東北料理のメニューが名物だ。名店のオーラを敏感に感じ取れるかどうかは、飲み歩きの経験を積むしかない。

昔ながらの喫茶店

春先ながら日差しが強く、歩いていると汗ばんできた。アイスコーヒーでも飲もうかと、演芸場通りにある喫茶店「カフェスペース１０１」に入る。ここで働く長谷川氏はもともと新宿の店での飲み仲間で、もう長いこと十条に住んでいるそうである。ある時、何も知らずにこの通りを歩いていたら、窓越しに見たことのある顔を発見したのだった。そんな彼とも七、八年ぶりの再会となる。

この店は上の階はマンションとなっているようで、ビルの一〇一号室にあるから「カフェスペース１０１」というそうである。こうした下町の個人経営の店は食住一体になっていることも多い。一階で店をやっていて二階に住んでいるから、賃料の支払いもいらないのだ。渋谷や六本木などの都心は賃料が高いため、厳しい競争があってテナントの新陳代謝は激しい。一方で下町は生活のためであると同時に、半ば趣味で営む店も多く、地域の情報交換の場にもなっている。

彼と共通の知人の話をしながらしばし歓談する。話を聞くと、この店は残念ながら、もう間もなく閉店してしまうのだという。喫茶店や音楽のライブスペースとして、二六年もの長い間、十条の人々に慕われていたようだ。彼は帰り際に自身がベースとキーボードとして参加するバンド・JJ-Brothers のアルバム『Hey!! Jujo』をプレゼントしてくれた。彼はミュージシャンの顔も持っているのである。十条のジャズバーに集うメンバーでバンドを結成し、このアルバムでは十条をテーマに楽曲を制作したのだという。今回で店に来られるのは最後になってしまったが、また新宿で飲む約束を交わしてから、店を出たのだった。

昔は街のいたるところにあった「純喫茶」が激減し、チェーンのカフェーばかりになって久しい。一杯のコーヒーの価格は下がったが、**商談や打ち合わせ、インタビュー、果ては詐欺、別れ話などが展開された往年の「純喫茶」**の光景を幻視した経験だった。ちなみにカフェーという名の店舗が最初に日本に出現したのは一九一一年銀座にオープンしたカフェー・プランタンだった。当初は高級感ある談話スペースだったが、やがて女給との触れ合いを楽しむ社交場になり、お色気サービスがエスカレートしていった。面倒なしきたりが多いお茶屋より気軽に遊べるため人気となったのだった。のちの風俗店の走りといってもいい。

中十条公園

演芸場通りをさらに上っていくと、交差点を抜けたところで下り坂に転じる。住所は先ほどまでは上十条だったが、この辺りから中十条になるようだ。少し裏道に入ると、真光寺と十条小学校に近接した、中十条公園を見つけた。子ども向けの遊具が置かれた小さな公園だが、昼寝にもよさそうな場所である。

案内板によると、公園のすぐそばを通る道は江戸時代に徳川家康をまつる日光東照宮を参詣するために通る「日光御成道」という旧街道だったそうである。現在の大きな街道というのは、かつて都や幕府などに向かう道であったことが多い。たとえば、お伊勢参りをする時に一番有名なのは、江戸から東海道を向かうコースだろうが、関西にも同様に伊勢神宮に向かうコースがある。

農民が人口の九割もいた時代には、皆が田畑に縛り付けられているから、旅は農閑期に行うものだった。その機会は極めて限定されていたのだ。一九七〇年代以降、農家が海外で大金を使うパッケージツアーが、やや蔑みのニュアンスを込めて「農協ツアー」と呼ばれていたことがあるが、その由来を辿るとかつて農民が旅していたことにまで遡ることができるわけだ。名目はお伊勢参りだったが、主たる目的は物見遊山だった。旅はハレの行事であり、そこでハメを外すという側面があったのだろう。

宿場町に宿泊しながら、一日に三〇キロくらいずつ移動していくわけだが、その楽しみは現地の食を味わうこと、そして花街に行くことだったようである。たとえば、十返舎一九の『東海道中膝栗毛』（一八〇二～〇九年）は、弥次喜多がお伊勢参りをする道中が描かれるが、かなり破格の、崩れた口語調の文体で、お互いに冗談ばかりいい合っている。人間はここまでくだらなくなれるものかと感心するほどだ。それはちょうど吉本新喜劇を見る感覚に近い。自分よりくだらないやつがいると思って、つい見てしまうのである。そうした低徊趣味というのは、本能に根ざしているのだろう。当時はずっと田畑に縛り付けられているストレスを、一気にはらすような機会が必要なのだった。旅先で乱行の限りを尽くしたいという欲望も生まれただろう。

私が現代語訳を担当したことがある、井原西鶴の『好色一代男』（一六八二年）はその遥か以前の話であるが、それを読んでみても主人公の世之介はあちこちに物見遊山をしては、花街参りばかりをしていたのである。江戸の吉原から、関西の京都や大阪、長崎の花街にまで行っていた。その全国行脚をする原動力は好色であることにあったといえる。**散歩と好色は繋がりが深い**ものなのだ。

その系譜でいうならば、『男はつらいよ』シリーズの寅さんこと車寅次郎もまた、全国を旅しながら行く先々で女性に一目惚れをしている。寅さんはお盆と正月の年二回に放送される年中行事のようなプログラムピクチャーだった。日本全国、北海道から沖縄まで訪ねているし、バブル時代にはウィーンなどの海外にまで出張していたのだ。

監督の山田洋次氏は共産党シンパなのだが、実は隠れ天皇主義者と見做すことができる。私の説では、風来坊の車寅次郎は庶民の天皇なのである。天皇は植樹祭や国民体育大会などで全国を巡る公務をこなしているが、終戦後、昭和天皇は人間宣言をし、現人神から親しみやすい人間イメージをアピールするために全国巡幸を行った。大衆天皇制を定着させるためのデモンストレーションだったが、それを選挙運動だと揶揄した人もいた。春と秋の叙勲の季節には日本国民の中から功労者を選び、赤坂御所で行われる園遊会に招待し、労をねぎらった。**寅さんの旅は天皇の公務のパロディとなっているのだ。**露天商として全国を旅しながら、毎回、必ず傷ついた女性と出会い、彼女を助けたり、励ましたりするうちに恋に落ちる。東京での再会を約束し、葛飾柴又の団子屋の茶の間に招待するのだ。そして、おいちゃんやおばちゃん、妹のさくらが精一杯の接待をする。葛飾柴又の団子屋が御所なのである。全国行脚をする大衆天皇としての車寅次郎が、傷ついた女子を慰めつつも、その恋は永遠に実ることはない。

後追いすること

中十条公園のすぐそばには「十条富士塚」があるようだ。案内板によると、室町時代から富士山の参詣を通じて、数々の災難から逃れられるとされた富士信仰があったそうだが、江戸時代になると庶民の信仰団体「富士講」が結成された。そこで富士山に登拝できない人々のための遥拝所として各地に冨士塚が築造される。十条の人々は江戸時代以来、この「冨士塚」で富士山開山に伴う祭礼を行うそうである。同じように山の中の古い散歩道も「冨士講」と関わりがあることが多く、私の住む多摩丘陵にもそうした道がある。富士山に向かうにせよ、富士塚で祭礼を行うにせよ、昔から信仰のために歩くということは多かったのだろう。

歩くとは、誰かの後追いをするということである。道があるのは、誰かがかつてそこを歩き、踏み跡をつけてくれたお陰なのだ。**「道」はしんにょうに「首」と書くが、これは生贄の首のことなのである。**人の踏み跡のない場所は魑魅魍魎（ちみもうりょう）の領分であり、そこに人が通る道を切り拓く際には、生贄を捧げて魑魅魍魎を鎮める必要があった。道を拓くには、犠牲が伴うわけだ。

気楽に散歩していても、無意識に先人が拓いた道を辿っていることになるのである。それは喫煙者がタバコを吸う場所を探す時も同様だ。何処もかしこも禁煙で、灰皿など何処にも見当たらない。そんな時、吸い殻が落ちているところを発見すると、前例があるので吸ってもいいかなと思ったりするのである。後追いは自殺の名所にも当てはまる。新小岩駅のホームや仙台青葉城近くの橋、かつての東尋坊や高島平も多くの後追い自殺を呼び込んだのだった。

小説家や紀行作家の後追い散歩はよく行われている。特定の地との縁や偏愛を語った小説や紀行は凡庸なデータブックとしてのガイドブックよりも遥かに魅力的で、その後追いをする価値は高い。奈良や京都では、万葉集や古今和歌集のゆかりの地に歌碑があって、柿本人麻呂がここで歌を詠んだなどといって、歌と場所とを紐づけているのだ。これが漫画やアニメ、映画やドラマの舞台になった場所となれば、**「聖地巡礼」という名の後追い**で賑わう。

ヨーロッパではゲーテがイタリアを約二年かけて旅して、上下二巻の分厚い『イタリア紀行』を書き残したが、文豪の足跡を後世の文人たちが後追いした。その最も有名なケースとしては、トーマス・マンの「ヴェニスに死す」（一九一二年）が挙げられる。マンはゲーテの時代からは世紀を超えて、ヴェネチアを旅しながら、ポーランド貴族の美少年に夢中になり、その背中を追いかけていた。その経験を主人公・アッシェンバッハに投影させて書いたのだった。

そのように**先人が愛していた街、通り、酒場をわざわざ訪ねて、その足跡を自らの足でなぞることとそれ自体が、法事や供養になる。**行きつけだったらしい酒場に詣で、同じ酒を注文して献杯をする。すると死者の霊がその場に戻ってくる。彼岸に墓参りをする時は、先祖の霊が戻ってくると考えられているわけだが、同じことが酒場でもできるのだ。しかし死者は酒を飲み干す喉も消化する肝臓も持たないので、生きている者が自分の喉と肝臓を貸してやらなければならない。結果的に二人分を飲まなくてはならないわけだが、不思議とそんな時はあまり酔わない。新宿の文壇バー「風花」は多くの文豪が酒盃を傾け、議論をし、狼藉をしていった場所であり、彼らをあの世に見送った場所ゆえ、彼らとの付き合いがあった常連客の私はこの手の法事をしょっちゅう行っている。

埼玉屋

東十条駅へ向かう下り坂をさらに下へと降りていく。改めてその高低差を意識すると、縄文時代は東十条の坂が海との境目、すなわち海に面した岩壁に当たることが再確認できる。坂を下りきってまもなく、今日の最終目的地「埼玉屋」に到着する。店頭にはすでに八名ほどの行列ができていた。海外からの客もいるようだ。到着とほぼ同時に開店し、中から出てきた若大将に挨拶をした。

東京にはモツ焼きの名店は多いが、この店はそのベスト3に入るのはもちろん、おそらくトップの座は不動だろう。ミシュランの星がついてもおかしくないレベルだが、モツ焼き店はおそらくリサーチ対象に入っていないのだろう。

自動ドアを通ると、真正面には備長炭をくべたコンロがあり、その周りのコの字カウンターに客が居並ぶ。私たちは左奥のテーブル席に着くことにした。店内は美容院かと思うほどに清潔に保たれている。

大将にご無沙汰していたことを詫びながら挨拶をし、最近の著作を手土産として渡した。

小説『ニッチを探して』では店を登場させて、登場人物がモツ焼きの「至福」の味を語る場面もあるのだが、それを読んで店に来る人もいると聞き、光栄に思う。そんな時に大将は「オレが代わりにサインしとこうか？」と聞くそうである。

この店のモツ焼きは全て鮮度抜群で、一切の臭みがなく、口の中で溶けた脂は甘く、歯茎に絡みついてくる。これまで食べてきたモツ焼きは何だったのかと思わされるはずだ。大将は初めての客に対して「一本でも不味かったらいってください」と声をかけている。味には絶大な自信があるのだが、もしも何かクレームをいったら、「お客さんの舌がおかしい。いい病院紹介しようか」などと返されそうだ。

毎回、焼く直前の新鮮な肉を見せてくれる。以前、平野啓一郎を連れてきたことがあるが、大将に味を聞かれた彼が「うまいですねえ」といったら、「当たり前だよ」とあしらわれていた。私は初めて来た時に「この脂が歯茎に絡みついて、そこから甘みがじわじわとくる」と答えたのだが、話している途中で大将は店の奥に戻ってしまったのだった。

まずはこの店の名物であるレモンサワーを頼む。シャーベット状に凍らせた焼酎に生レモンをふんだんに入れ、炭酸水を注いでいるのだが、ジョッキの縁にはソルティドッグ風に塩がついている。

お通しのクレソンと大根のサラダがくると、いよいよおまかせの九本が始まる。最初のレアの牛串は赤字覚悟で出しているのだろう、A4クラスの肉を使っていて非常にレベルが高い。シロは普通はチューインガムのような歯応えだが、この店では口の中で溶ける食感だから驚く。レバーはほのかに甘く、サラダの底についているオリーブオイルを絡めて食べる。ハツは心臓であるにもかかわらず、ふわふわでやわらかな食感。チレと呼ばれる脾臓はウェルダンにし、エスカルゴバターを満遍なく塗った逸品に仕上げる。脾臓は決しておいしいとはいえない部位だから、これは大きな発見だろう。さらに、牛リブロースのアブラやサルサソースのついたシャモなどと、おまかせの九本だけで、非常にバラエティ豊かで腹が満たされるのである。

追加注文で、豚耳のカタルーニャ風・ポルコ、牛もつ煮込みとバゲット、豚ガツを醤油とニンニクで漬けた埼玉漬などを頼んだが、どれも味にはこだわり抜いていて絶品だから、肉好きの担当編集の一ノ瀬も途中からずっと笑いがとまらないようだった。私自身、初めて来た時には、常識が覆されたものだ。

なぜこれほどまでにレベルが高いのか。内臓は鮮度が問われる部位である。ライオンだって、獲物を内臓から最初に食べるくらいだ。漁師も最初に魚の内臓を食べるという。鯛が獲れた時にはレバー、胃袋、卵巣などはうまいからそこだけを食べ、白身の部分は民宿などに惜しげもなく贈与するのである。

埼玉屋の名物の一つ・チレ。

大将は鮮度に関しては命をかけている。芝浦の食肉処理場でまだ体温が残っているうちに運び、店に到着してからは綺麗に下処理をする。開店前の作業だから見たことはないのだが、独特のノウハウを持っているのだろう。大量の水を使って、臓器の汚れを流し、串に刺すのである。客に見せながら焼くというのは、ほんの最終段階に過ぎないのだ。

ある年のメーデーの日に、東京の路上で労働者たちがデモをしていたために、肉を運ぶトラックが渋滞に巻き込まれてしまったことがあるらしい。大将は「早くしてくれよ、鮮度が落ちるじゃねえか」と怒りを表しながら、到着するのをずっと待っていたそうである。それ以来、労働者やデモのことが嫌いになったのだというのだ。肉の鮮度を保つことが何よりも優先事項なのである。

大将は肉を刺身のように扱っている。焼いて食うよりも生で食う方がうまいと思っているのだ。サービスで牛の刺身をもらったが、口の中で溶けるような味わいだ。生であれば消化にもカロリーを使うから、その分をエネルギー消費できるわけだ。つまり、刺身の方が胃袋で充実感があって、太らないと思うのである。

大将は食に対して研究熱心で、休暇をとってはヨーロッパ各地で食べ歩き、新たなメニューを考案している。だからよくヨーロッパの美食について話すこともあるのだ。以前、ハンガリーのフォアグラを勧めたのだが、大将も今一番気になっているのだという。

今日は大将、若大将に加えて、三代目のお孫さんも店に立っていた。今時、親子三代で店をやっているというのは珍しいだろう。家族でやっているだけあって、この店では客ともディープな付き合いが成立していて、いわば擬似ファミリーのようになるのである。そんな大将らに手厚くもてなしてくれた礼を述べ、店を去る。

自分の住む街でなくとも、自分のニッチを作り、定期的に通いながら、共に歳を重ねてゆけば、その街に住んでいなくても、「通いの住人」にはなれる。

池袋徘徊

池袋や高田馬場の外国人街に足を運んでみよう。今回のテーマは五感を総動員して歩くことである。人間は視覚が一番情報の処理量が多く、全体の八割以上を占めているが、これに加え、聴覚、嗅覚、味覚、触覚などの感覚をフル活用することによって、街を立体的に認識できるようになるはずである。

二〇二三年五月上旬。午後の早い時間に池袋駅西口（北）出口（旧北口出口）に編集者らと集合をして、まずは東武百貨店や東京芸術劇場のある、西口周辺を散歩した。学生の頃は近くの巣鴨に大学があったから、当時はサンシャインシティができたばかりの東口周辺に足繁く通っていた。立教大学などの大学が近いこともあるのか、安い居酒屋がたくさんあって、そこに溜まっていたのである。今では飲み歩きに来ることはあまりないのだが、東京芸術劇場で催されるコンサートの帰りにふらりと散歩をしたり、著書刊行後に書店まわりついでに一杯ひっかけに来たりする。

私の学生時代の頃と比較すると、旧北口周辺は一変し、本格的なチャイナタウンとなっている。中華料理店、食品店、雑貨店、ネットカフェなどが密集しているのだ。飲食店は日本人向けに作られた「町中華」ではなく、本格仕様の「ガチ中華」が出される。そのせいか、街にほのかに八角や山椒、ごま油の香りが漂っている。大学院の教え子は中国からの留学生が多いのだが、以前「東京の街歩き」をテーマにした課題を出した時に、彼らはこの辺りの様子をスマホでビデオ撮影しながら、中国に里帰りしたみたいだと驚いていた。

関東で有名な横浜中華街は、横浜港が開港した幕末から存在しているが、池袋の新興チャイナタウンの歴史は浅く、その成立過程も違っている。この辺りがチャイナタウンになったのは、一九七〇、八〇年代にかけて、中国残留孤児の帰国支援が行われてからである。敗戦時に満州にいた日本人は引き揚げて来たのだが、その混乱の中で小さな子どもは大陸の里親に預け、親子離れ離れになったという悲劇があった。三〇、四〇年近く経っていて大人になった彼らが帰国し、血縁上の親と再会したのである。テレビでは彼らがしきりに呼びかけて、親が名乗り出てくるのを待つ姿が映し出されていた。その時に中国から里親などの関係者も一緒になって、来日したのである。まだ中国は改革開放前だったから、経済大国への道を着々と歩んでいた日本への移住希望者もたくさんいたのだった。そのように新たに中国から来たニューカマーらがこの地に住み着いたのが、現在の池袋のチャイナタウンの発祥となっている。

そんな日本に移住した人々に対する差別も存在しており、それに抵抗する組織として登場したのが「怒羅権（ドラゴン）」である。夜の街の抗争で青竜刀を振り回していたという物騒な噂もあるほど、恐れられていたのだった。

世界各地にチャイナタウンは点在しているが、その立地の特徴は都市の中心部から少し離れた場所にある点である。地価の高い中心部ではないものの、遠く離れた郊外であるわけでもない。ニューヨークでもマンハッタンの南部にチャイナタウンはあるが、ソーホーの先でウォール街まではいかないような、微妙な場所に位置しているわけだ。

そしてそれはチャイナタウンに限らず、他の移民街についてもいえることだろう。有名なのは、横浜市鶴見区のリトル那覇。その一帯は沖縄からペルーやブラジルなどの南米に移民した人々が、また戻ってきて住んでいるから、中南米料理の飲食店が多いのである。

池袋のチャイナタウンを歩いてわかるのは、やはり横浜の中華街などと比べると、移住者らの故郷東北地方の料理店が多いことである。たとえば、「豚背がらの醤油煮込み」や香辛料を効かした羊焼肉がよく知られている。中国産の肉というと、国産よりも質が低いイメージもあるが、これからは人気が出ることもあるかもしれない。中国の牛は主に農耕用に働かせていた牛で、肉の中でも最低価格で美味しくなかったが、米国の食料戦略の影響で中国は栄養価の高いトウモロコシ飼料を大量に仕入れ、牛肉の改良を行い、近年は霜降り牛肉を部位ごとに細分化して、賞味するようになった。

我々が知っている中華料理は、北京料理、広東料理、上海料理、そしてせいぜい四川料理だが、二二の省、五つの自治区があるのだから、実は驚くべき多様性があるのだ。日本の町中華では、うま味調味料を大量に使った中華料理が定番だが、大陸の中華料理の味は総じて洗練されてきており、塩分やうま味調味料は控えめであっさりした味付けが主流になっている。また昨今の経済成長と富裕層、中間層の拡大の帰結として、中国人のグルメ志向は高まる一方だ。まだ中国の外ではほとんど知られていない特徴的な地方料理が続々と上陸してくるかもしれない。

池袋のチャイナタウンを歩いていると、ラブホテルや風俗店が乱立していて、漢字で書く「歓楽街」そのものという印象を受ける。「バリ」というホテルのすぐ側には、「フロリダ」や「エーゲ海」というホテルが並んでいるところを見ると、池袋においては意外と世界は狭いようである。ホテルの風情からすると、中高年向きだろうか？　セックスレス傾向の若者のニーズはあるのか、余計な心配をしてしまった。

近年はラブホテルで女子会や忘年会をやることも多く、プリセットのコースまであるそうである。広めの部屋でカラオケやジャクジーもついていて、出前も取り放題、持ち込み自由、オールもＯＫの至れり尽くせりだ。

駅方面に戻って歩いていくと、東京芸術劇場と池袋西口公園に辿り着いた。一つの通りを隔てただけで、雰囲気が大きく変わることに驚かされる。この池袋西口公園は『池袋ウエストゲートパーク』の舞台であり、作中ではヤンキーが溜まる場所となっている。池袋駅は西武線・東武線のターミナルで昇降客が多い駅だから、埼玉の郊外からヤンキーが出張してくるのだろう。

そこからさらに駅の方へ歩くと、昼飲みができる親父のサンクチュアリ的な大衆居酒屋「ふくろ」がある。まだ午後の早い時間ながら、休憩がてら店に入って、一杯やることとした。いつも夜には来ず、昼間に何軒かの書店まわりをした後に立ち寄っては、喉を潤している店である。レモンハイを頼んで、えんどう豆、メゴチの天ぷら、ホタルイカの沖漬け、野沢菜漬けなどをつまみにすることにした。

店の営業時間を見ると、どうやら朝は八時半からやっているらしい。こうした朝飲みの店を、北九州では文化として保存しようとしていると聞いたことがある。工業都市だから、働く人々はシフト勤務で三交代制となっていて、遅番の人は朝に飲みに行くわけだ。おでんや鶏の唐揚げまで出すような店まである。市場の中にあれば、近くの惣菜を買って飲むこともできるのだ。そのような朝飲みや昼飲みをできる親父天国は、失われないように保存されるべきだろう。

相合傘文化

店を出ると、大雨になっていた。傘を差して、駅まで駆け込む。傘というのは、単に雨や日差しを避けるだけではなく、自分の周りに小さな結界を作ることができるものだ。屋根のようにして日陰を作っては、その傾け方によって顔を隠したり、逆に相手にチラ見させたりすることができるのである。散歩をしながら、プライバシーを確保したり、己が魅力をアピールすることもできるわけだ。

傘は日本語だが、イタリア語やスペイン語の「カーサ」は「家」という意味であるから、傘は屋根だけのミニマムな家と考えることができる。屋根を持参して、家ごと移動しているようなものである。壁はないが、傘の下はプライベートな空間になるから、移動式の茶室に乗っている気分にもなれる。野点は野原でも河原でも場所を選ばないが、内と外を分ける結界を作る。竹や石を置いたり、線を引くなどして境界線を作り、自然環境を間取りして、自分のプライベートスペースを作るわけである。

だから、「傘に入りませんか？」と誘うのは、「僕の家に寄りませんか？」と招待することに等しい。永井荷風の『濹東綺譚』で東京下町を歩く老作家・大江の傘に、いなせな女が飛び込んできたことを思い起こそう。傘に入ることが、親しくなるきっかけとなるのである。昨今は韓流ドラマの青春回想ならばそんなシーンもありそうなものだが、日本では相合傘文化は急速に失われつつある。皆がビニール傘を使うようになったからだろうか。ビニール傘は骨組みが見えてしまっていて、自分の家というよりは、ビニールハウスのような感じがするのである。傘をミニマムな家として使うなら、「脱ビニール傘」から始め、高級志向に切り替えるべきかと思う。

日本は一年を通して雨が多い気候で傘は必需品だが、近年の夏は紫外線があまりにも強烈だから、日傘も散歩には欠かせないものである。透明のビニール傘が役立たないのはいうまでもない。私は日傘を雨傘と兼用で使っているのだが、UVカット率は大変高く優れものである。日傘は女性向きでフェミニンに見えるという考えは、偏見に過ぎないのだ。ロンドンでジェントルマンがこうもり傘をステッキのように使って歩く姿が知られるが、傘を杖や武器として携行する手もあるだろう。

高田馬場・ミャンマータウン

大雨で雷も鳴り響く天候の中、山手線に乗って向かったのは高田馬場。駅のすぐ近くにリトルヤンゴンと呼ばれる、ミャンマータウンがある。最初にミャンマーストリートと呼ばれる「さかえ通り」に向かうと、ミャンマーの飲食店や物産店がちらほらと軒を連ねているようだった。そのすぐ近くには昭和三三年に創業した卓球場「山手卓球」がまだ営業していることに驚いたが、ここは学生時代によく遊びに来ていたのだった。すぐ隣には「エクセルシオール」という、見た目と名前にギャップのあるシャビーなラブホテルもあった。

「さかえ通り」を歩き終えると、雑居ビルが丸ごとミャンマータウンとなっている「タックイレブン」へと向かった。高田馬場駅のすぐ側で、駅を眺め下ろすことができるようなビルである。

最初に入口で看板を眺めてみると、ミャンマーレストランやカフェ、物産店などが密集している。さらには、不動産屋、司法書士や行政書士の事務所、ｉＰｈｏｎｅの修理屋、教会、マッサージ店などまで入っていて、オールインワンとなっている。ここに都市機能を集結させ、全てを完結できる雑居ビルの理想形がある。

ビルの入口でフロア案内を見ていると、ほんの二、三分の短い間に、留学生なのか、労働者なのか、ミャンマー人と思しき人々が続々と集まっては中に入っていく。彼らに続き、ビル内を探索しようとしたのだが、意図してか、迷宮構造になっている。最初に階段から三階まで上がったものの、ドアが閉まっていて店には入れず、一階まで降りてくることになった。そして二つあるエレベーターのうちの一つを使ってみると、それでは四階までしか上れないようである。もう一度下に降りてから、もう一方のエレベーターで一〇階まで行くと、やっと物産店が集まるフロアに辿り着くことができたのだった。肉や野菜、調味料などの現地の食材が並ぶが、商品名に日本語も書いておらず、全く解読不能。物産店も複数あるから、その食材などで棲み分けがなされているのだろう。同じフロアでも、テナントが変われば、別世界となっている。日本人向けなのか、日本通のミャンマー人向けなのか、メイド喫茶まで入っているのだった。ビル内に貼られているチラシを見ると、ミャンマー人向けの生活情報や短篇映画祭の情報などが記載されていた。

ビルを一通り巡ってから、ミャンマー風カフェーに入ることにした。一度下に降りてからエレベーターを乗り継いで、四階の「TAUNGGYI CAFE & BAR」へ。一階にある『孤独のグルメ』にも登場したミャンマー料理店の草分け「ノング・インレイ」が営業する店で、同店と同じくミャンマー東部のシャン料理を味わうことができるようだ。

メニューを眺めると、目に留まったのはエキゾチックゾーン。蚕のさなぎの炒め、かえるのもも肉スパイス炒め、コオロギの炒め、竹蟲(たけむし)などがその写真とともに載っている。オーダ

タックイレブン内。現地の食材を売る店が並んでいる。

ーを取りにきた女性店員は、「かえるや竹蟲はどうですか？　虫、全部出しますよ」などと営業スマイルを浮かべる。どうやら日本でコオロギ食が奨励されていることを知っているようだった。

結局、シャンハイボールに加えて、シャン産の大豆から作られた揚げ煎餅のような「シャン納豆和え物」、お茶葉を発酵させて豆などと混ぜて食べる「お茶葉のサラダ」、焼うどん風の「きし麵エビ炒め」を頼んだ。やはりこのシャン料理の味わいを深くしているのは、発酵である。ミャンマーの市場には色々な漬物が売っていたことを思い出す。日本はもちろん、中国、韓国などのアジア諸地域には、肉、魚介、野菜などの、極めて多種多様で豊かな発酵文化があるのである。

ミャンマーにはもう二〇年近く前に旅行で訪れたことがある。当時はまだ軍事政権下で、アウンサンスーチーは軟禁されていた。ヤンゴンをふらふらと歩いてみたものの、やることといったら、ちょっと電車に乗るなどしてお寺を訪ねることとくらいしかない。その合間に食堂に入って、飯を食ったりお茶を飲んだりしていた。ミャンマーは国境がインドとタイと中国と接しているから、食べ物はその全部の料理文化の影響があって、打ち消しあって特徴がわかりにくくなっているような印象を受けたのだった。

「**タックイレブン**」**は垂直方向に広がった移民街**といった感じである。池袋や新大久保もそうだが、こうした移民街は大都市には必ずあるものである。昨今の世界の文学や音楽のシーンを見渡しても、移民文化の存在感は大きい。英文学の場合もイギリス出身の作家が英語で書くというのではなく、インドやパキスタンなどの旧大英帝国から移民してきた人々とその二世や三世たちが中心になっていて、民族的なハイブリッド化が半端ではない。

ロックの世界で有名なのは、クイーンのヴォーカリスト、フレディ・マーキュリーだろう。インド洋に浮かぶザンジバル島（現タンザニア）の出身だが、両親はゾロアスター教徒のパールシーだった。親は移住後も出身地の文化を保持するが、若いフレディはロンドン下町で地元文化と差別の洗礼を受け、ロックへと走った。

フランス・パリの移民街といえば北駅周辺だが、北アフリカからの移民たちがコミュニティを形成し、二世、三世の手によって文化的混淆が図られる。伝統と世代交代を縦糸にし、横糸にドラッグや同性愛、排他主義、移民のイスラム信仰などが複雑に絡み合う。そんな多文化共生社会独特のカオスから二〇世紀末に実に多彩なポップカルチャーが生み出された。差別と復讐、どちらの根も深いが、社会の健全さと活力は多様な主義主張を何処まで許容できるかに懸かっている。

日本でも文化の混血・ハイブリッド化は一層進むはずだ。移民、難民の受け入れを拒み、非人道的な対応に終始する日本政府だが、彼らを排除した者はいつか彼らに復讐されるだろ

う。

雑居ビルを出ると、もう雨は上がっていた。高田馬場駅のホームからは綺麗な夕焼けが見えた。大学時代は新宿から山手線で巣鴨まで通っていたのだが、通過する高田馬場駅には当時、貴乃花とマリリン・モンローをモチーフとした裸の男女がぐるぐると回る質屋の看板があったことを思い出した。また新大久保から高田馬場の間にある公園では日雇い労働者の集合場所があり、手配師が労働者をまとめて車に乗せる光景を通学途中の車窓から見ていた。

阿佐ヶ谷

山手線から新宿駅で中央線に乗り継いで、次の目的地・阿佐ヶ谷に到着する。駅南口で「杉並から差別をなくす会」という団体が行っている、「杉並からも入管法改悪反対　緊急アクション」のデモの様子を見にきたのである。

日本では移民、難民の受け入れに関しての人権感覚はワールドスタンダードから三〇年近く遅れている。この間訪れた東十条にもクルド料理店があったが、クルド人にしろミャンマー人にしろ、日本で難民申請をしても永遠に通らないような状態が繰り返されているのである。こうした日本の難民対応自体が、非常に非人道的であるから、諸外国からも抗議されている。そうした中で、今は入管難民法改正案が行われているが、これも三回申請したら強制送還の対象になるなど、大変抑圧的な内容となっている。全く改善されていないばかりか、外国人収容を厳格化する内容なのである。衆院で通過してしまったから、参院で廃案にするほかないような状況だ。人権侵害をされた少数者を助けるというのは、憲法にも謳われている理念であり、そういう人たちを隣人として見ているならば、黙ってはいられないはずなのである。

デモの様子を見てからは、阿佐ヶ谷駅近辺を少し散策することにした。南口にはパールセンター商店街というメインのアーケードがある。一方で、北口にもアーケード商店街があり、こちらのほうがローカルな店は密集している印象がある。

高円寺、阿佐ヶ谷、西荻窪のあたりに私はよく出没するのだが、すれ違う住民がなんとなく自分のことを知っていそうな、フレンドリーな目で見てくるように感じる。下町の方は飲み屋で飲んでいるとネトウヨ的な言説を聞かされることもあるのだが、中央線のこの辺りはそれが少なく、やや安心感があるのだ。

最後に焼き鳥屋の「本格炭火串焼あっしゅ」に入って、今日の散歩を振り返る飲み会をした。伝説ロックを頼んでから、梅しそ焼き、手羽先、ひな肉などの焼き物、エイヒレなどのつまみと合わせて、散歩の締めとしたのだった。

今回訪れた池袋や高田馬場などの外国人コミュニティは、わざわざ訪れるという目的を作らない限り、なかなか縁遠い場所だろう。基本的に人の行動というのはワンパターンになりがちである。ルーティンを繰り返すうちに、道草の楽しみを忘れてしまう。だからこそ、見知らぬ路地に踏み込む勇気が試されているわけだ。

散歩は必ずしも安全とはいえず、むしろ危険を買いに行っているようなところもある。東北や北海道ではタケノコや山菜を採りに行って、熊に襲われる事件が相次いでいる。熊たちのあいだで人間は食える餌だという認識が広まっているならば、恐ろしいことである。多摩丘陵の自宅近くに熊はいないものの、スズメバチが巣を作っていることもある。

都市を歩くにしても、誰もが危険と隣り合わせである。相互監視社会では「正義」の暴走もあり、政府与党が率先してブラックプロパガンダを展開し、政権批判者狩りをする始末である。私自身も炎上の試練に晒され、外出を控えなければならない時期もあった。もちろん炎上とは無関係に、事件に巻き込まれるリスクは全員に平等にあるわけだ。何の罪もない子どもが通り魔に襲われる事件も起きてしまう。誠実に真面目に暮らしていたとしても、突発的暴力のとばっちりを被ることもあるだろう。ただ、リスクがゼロの社会というものはそもそも存在せず、セキュリティが強化されれば、それに伴い、自由が制限される。

第6章

郊外を歩く

――登戸・町田・西荻窪

多摩川逍遥

今回は都心から離れて、郊外を中心に散歩する。二〇二三年七月末、東京や神奈川は三六度を超える猛暑日だったが、午後一時に登戸駅（川崎市）で待ち合わせをする。しばらく家で冷房をかけっぱなしの生活だったから、出がけに水シャワーを浴びてやってきたものの、ほんの数分歩くだけで汗が湧き出してくる。しかし汗の皮膜が一度できてしまうと、過酷な暑さにも耐えられるから不思議なものだ。

登戸は南武線と小田急線が交差し都心にアクセスが良いこともあって、穴場的な住宅地となっている。武蔵小杉のような再開発を目指し区画整理を続けてきたが、もう少しで完成というところだろうか。駅のレイアウトは変わったし、駅前の商店街は全部消えてしまった。昔の地理はなくなったに等しいが、その痕跡を訪ねるように歩いてみよう。

再開発で新しく道ができれば、そこを一から歩き始めるしかない。散歩のやり方の一つとして、ある街の全ての道に足跡を残すという方法がある。たとえば、知らない街の駅で降りた時、最初はメインストリートを歩いて土地勘を身につけることから始め、次には周辺の繁華街や住宅街などを選り好みせず、全ての通りを歩き倒すことを目標にする。地図を見ながら、既に歩いた道にチェックを入れていく。美術品や切手などのコレクターと同様に、ストリート・コレクターになるのだ。登山でも一つの山を登るのに複数のルートがある。ある山が気に入ったのならば、山頂に通じる全ての尾根を踏破したくなるものだし、沢登りのコースにチャレンジすることもある。

まず、登戸駅から多摩川に向かった。強烈な直射日光を避けるために、サングラスをかけ、日傘を差して歩く。地面からの照り返しは避けられないものの、紫外線のほとんどをカットしてくれるので、夏の散歩の必需品である。

子どもの頃からよく多摩川に遊びに来ていた。土手にサイクリングロードが通っていて、私はよく川崎側の右岸を平間の方まで走っていた。今も自宅から川べりまで遠くないので、普段よりも長く散歩をしようと思い立った時には、もう少し上流の辺りを歩いている。もうかれこれ五〇年以上にわたって、多摩川の変遷を見てきた。夜中に飲んでからタクシーに乗っている時、多摩川の橋を渡ると、ああ帰ってきたなと実感する。

河川敷の利用はいまや多様化している。公園となっていたり、学校がグラウンドを持っていたりするし、憩いの場として子どもから老人までがやってくるのだ。中高生が管楽器の練習をする姿を見かけることもある。楽器の大きな音を出しても、迷惑にならないのだろう。上流のほうではウインドサーフィンやSUPなどのウォータースポーツをやっている。今日はこの暑い中、上半身裸でスケートボードをしている若者がいたが、よほどのマゾか、街中に練習場所がなく、追いやられてしまっているのだろうか。

カップルが初デートで来ることもあるだろう。街中に行けば金を使ってしまうし、コンビニで酒とつまみを買って川べりでだらだら話しながら石を投げるのが昔から初デートの定番でもあった。私も小さな頃はよく石切りをして遊んだものだが、ある種の条件反射だったのだろう。**昔から思春期の若者は喜怒哀楽が豊かだから、川を眺めながらさまざまな感情を水に流さなければならない。時代が変わっても、そういう儀式を続けなければ、自我が育たないのである。**

今でも石を拾いに河川敷に来ることがある。自分で持てるくらいの大きさの石を集めて、買い物カートのようなキャスター付きの入れ物で、車に運ぶのだ。家に持って帰って何をするかといえば、屋上にミニ枯山水を作る。一時期は石を積み上げて面白い形にするバランスストーンに凝っていて、うまくいったら写真に撮ったものだった。石がある程度溜まってきたから、池やビオトープでも作ろうか、ピザを焼く窯でもこしらえようか、などと考えていたが、今のところは計画倒れに終わっている。

多摩川の河川敷では、半裸の若者が一人、スケートボードをしていた。

ひとまず日陰に入ろうと、「太田屋」という掘建て小屋の陰に逃げ込む。この店はボート小屋と酒が飲める茶屋を兼ねていたが、もう営業はしていないようだ。もう少し上流の稲田堤の河川敷にも、「たぬきや」という創業八〇年以上の居酒屋があったものだった。対岸に京王閣競輪場があるから競輪の開催日は賑わっていて、勝った人にも負けた人にも、懐に優しい値段設定だったことを思い出す。そうした茶屋が河川敷の所々にあったのだが、いまやほとんど消えた。

多摩川は隅田川と同じく、桜の名所でもある。護岸が非常に整備されていて、多摩堤通りなどの土手沿いに桜の木が植わっているのだ。かつては都心から桜と川魚料理目当ての客が来ていて、手頃な保養地となっていた。ついこの間まで近くの土手沿いに鮮魚料理の料亭もあって芸者も揃っていた。新橋や神楽坂で芸者を呼ぶよりも大衆的で安いから、都心から当時の玉電に乗って遊びに来ていたようだ。しかし、もうその名残もなくなってしまった。結局花街がどうなったかというと、ラブホテル街として存続している。もう少し下流の方を眺めれば、二子玉川の高層ビルや二子新地の住宅街が見えるが、その界隈も昔は花街だった。

河川敷で飲み食いをしながら寛(くつろ)ぎたいという気持ちは誰しもあるだろう。私は山形の知人が芋煮をやりたいというので、秋に対岸の木陰でカセットコンロで芋煮をやったことがある。一時はバーベキューも賑わったのだが、都心から来た人々がゴミを捨てていったり、火の後始末が悪かったりして、今では禁止になってしまった。キャンプ料を取ってやっていた時期もあったが、それでもマナーの悪さは変わらなかったのだろう。

一本の木が涼しそうな木陰を作っていたので、そこに向かう。座ったらすぐ破れそうなボロボロのアウトドアチェアがいくつか置いてあった。民家の裏庭のようになっているが、「木下」や「日陰」の表札はないようだから、誰かの所有物ではないらしい。木が一本あるだけで、そこは炎天からのシェルターになる。突然雨が降ってもしばらくは濡れずにいられる。

河川敷を歩いているとブルーシートの小屋を見かけることがある。嵐の後に流れてくる大ぶりの流木を柱にして、仮設の小屋を建てているのだ。家があるので、ホームレスとはいえない。土地は公園であれば自治体が管理しているのだが、そうでないと国土交通省の管轄となっている。農耕作禁止の通達が出ていることも多いが、管理者の意地悪としか思えない。自分で食えるものを作るくらい大目に見たっていいじゃないかと思う。**デンマークなどの福祉国家では、公園に果樹を植えていて、市民は勝手に取って食べてもいいことになっている。食料自給率を上げる名目で河川敷や公園でネギや大根など、食べられる野菜作りを推進すべきだろう。**人が寄り付かない場所にセリやノビルが自生しているが、野草だけでは足りない。

戦後すぐの食糧難の時代は、多摩川の河川敷での野草採取が盛んだったことを覚えている人はほとんどいないだろう。河川敷は都心で一番身近な自然である。都内の神田川や目黒川では河川敷に降りることはできないが、多摩川では視界のひらけた自然の中を歩くことができる。

河川敷の別名を「氾濫原」というように、洪水が起こると水に浸かってしまう。多摩川は縄文時代より前の太古の昔から人々の生活とともにあったが、河原の地形は氾濫があるごとに大きく変わってきた。木が生えている中洲があったかと思えば、それが台風で消え去るということもある。一九七四年には台風の増水で対岸の狛江の堤防が決壊し、一帯が水没した多摩川水害が起こった。戦後最大規模の洪水であり、山田太一原作・脚本のテレビドラマ『岸辺のアルバム』の題材にもなった。私はこの目で家が流されていくのを目撃しており、今でもその光景がフラッシュバックする。その後はそれほど被害が甚大な洪水はなかったように思うが、ここ数年の洪水ではかなり高い水位まで上がった。今後、気候変動の影響で台風が大型化し動きが遅くなると、氾濫する危険性は高まる。低地に暮らす人は台風が来る前に、ゴムボートの準備くらいは必要かもしれない。ノアは雨が降る前に箱舟の建設を始め、笑われたが、助かったのは彼の一族だけだった。

暑さから逃れるように多摩川から登戸駅方面に戻り、駅近くの登戸ゴールデン街へ向かう。ここは昭和の雰囲気を再現した一〇階建ての雑居ビルで、一フロアに一軒のバーや居酒屋が入っている。一階の入口には「登戸ゴールデン街」と記された赤いアーチの下に、往年のレトロな緑色の車、コカ・コーラのベンチなどが置かれている。また昭和のたばこ屋が再現されていて、映画スターのペンキ絵やポスターが貼られ、ダイヤル式の青電話が置かれている。まだ今年の五月にできたばかりであるようで、建物内のエレベーターの設備などは新しい。

近頃は各所でこの手の「**なんちゃって昭和**」が見受けられるが、昭和を一ミリも知らない現在の二〇代には「何これ？」といわれそうだ。曲がりなりにも昭和を知る世代は五〇歳以上になっている。少子化ゆえ、人口の半分くらいは占めている計算になるか？　昭和をよく知る私も「昭和はもっと臭かった」と物足りなさを覚えた。

まだ昭和の名残のある路地は各地に残っている。吉祥寺ハーモニカ横丁、新宿ゴールデン街、思い出横丁、溝の口西口商店街がそうだが、シャッター通りをローコストで再開発すれば、自ずと昭和臭くなる。便所は落書きだらけで悪臭漂い、何処に行っても煙草の煙からは逃れようもなかった。入浴は一日置きで、総じて汗臭く、靴下は蒸れていた。昭和の騒々しさ、猥雑さは当時の街に充満していた雑多なニオイの記憶と分かち難く結びついている。

登戸ゴールデン街で昼下がりに開いていたのは、七階「歌亜砂　ミルクホゥル」だけだった。店に入ると、まだ客はおらず、貸し切り状態だった。昼のメニューを見ると、「い」「ろ」「は」「に」「ほ」「へ」とコースがあって、飲み物とカラオケの組み合わせが色々あるようだったが、フリーでとりあえず冷たい生ビールを頼む。汗をかいて脱水症状になりかけた状態でのビールは痛風が悪化しそうで、ビクビクしながら飲む。乾き物のお通しもたっぷり運ばれてきたので、しばらくここで涼むことにした。

店のママに聞くと、元々は向ヶ丘遊園で四〇年ほど店をやっていたのだという。昔から商店街で営まれていたような老舗の店は、新しいビルで代替わりをするなどして、テナントを変えて継続することがある。しかし、家賃も高くなるだろうし、個人経営の店にとっては難しい選択ではあるだろう。

登戸は古くは農村で、戦前には旧日本陸軍の「登戸研究所」があった。私の記憶にある一九六〇年代の段階では、まだほとんど農村だった。その後、都心に近いこともあって、宅地開発で一戸建てなどの住宅が多く建てられようになったのだった。

私たち一家が登戸から近い稲田堤にやってきたのは、六六年頃だっただろうか。当時はまだ道路も舗装されておらず、土埃が舞い上がっていた。アパートの窓から叫ぶと、多摩丘陵からこだまが返ってきたものだった。近所には農家の息子や娘がたくさんいて、すばしっこくて身体能力ではとても敵わなかった。蛇を手づかみで持ってきて「可愛いぜ、触ってみる？」などといわれたことを思い出す。

当時は読売ランド（現・よみうりランド）が開園したばかりで、子どもの頃はジェットコースター、メリーゴーラウンド、遊具などで遊んでいたが、空き地に零戦が野晒しで置いてあった。自由に乗れたのだが、幼心にも軍用機がこんなに単純な構造なのかと驚いたものだった。同じく向ヶ丘遊園も多摩丘陵の斜面に戦前からあったのだが、今から二〇年前に閉園し、その跡地に藤子・F・不二雄ミュージアムができた。

近頃の統計で、私が暮らす川崎市麻生区が日本一の長寿の自治体ということになった。その原因分析では多摩丘陵の起伏に満ちた地形と公園面積が広いことが挙げられていた。確かに日頃の観察からも散歩する老人が多いのは事実で、地元の散歩同好会の名称も「コロバネーゼ」と意気軒高である。よく歩くのは長寿の秘訣かもしれないが、それより介護付き老人ホームが多く、死にたくても死なせてもらえない環境が整っていることが統計結果に現れているに違いない。

多摩丘陵は高度成長期の開発によって、縄文遺跡の発掘が進んだ。いわば、古代の狩猟採集民のフィールドだったわけで、用もなくほっつき歩く伝統は土地に根ざしたものだともいえる。コロナ禍で在宅時間が延びたせいで、私も近隣の森をほぼ毎日ふらつき、竹取の翁みたいに竹を切り出したり、山菜を摘んだり、ドングリを齧ったり、狸と目が合ったり、鴉に牽制されたり、スズメバチに追いかけられたりしていた。「ふれあいの森」などとメルヘン調の名前がついているが、「ちかん注意」の看板もあったりして、森ではどんな立ち居振る舞いをすべきか悩むところだ。幸い、若い女性や子どもと出会う機会も少なく、もっぱら里山の自然観察にかまけていられた。

バリアフリーを目指す都市部や公共施設と違って、バリアフルな森では自ずと足腰、背筋が鍛えられるが、それよりも感覚のリハビリに有効である。森で過ごす時間が長くなれば、その分、五感が研ぎ澄まされるようだ。狩人は常に獲物の気配を感じ取ろうと目を凝らし、耳を立て、鼻を効かせている。風が吹き抜け、葉擦れがし、藪虫や鳥の声がする「騒々しい」森の中で、獲物の足音、息遣い、ニオイを感知し、追跡する。今から狩人になる訓練は諦めるとしても、森の中で刻一刻起きている変化を逐一感じ取ることはできる。そのような優れた自然観察者から俳句を嗜む風流人が生まれる。

以前、野宿をした時のことだが、全身がセンサーになったように、空気の流れや微かな物音に過敏になり、深い眠りにはつけず、浅い眠りと覚醒を繰り返していた。屋根も壁もなく、雨や夜露を顔で受ける状態だと、野良猫と同じような眠り方になる。野良猫の寿命が短いのは、持続的に安眠が取れないことと深い因果関係があるだろう。

一方、都心部に暮らしていても、長生きの人はいる。それは道端で赤の他人に話しかけるタイプだ。「こんにちは、今日はいい天気ね」「今夜は月が綺麗ね」などと能動的にコミュニケーションを仕掛けるわけだ。これは自分の街の「主」感とも関係している。要するに「ここは俺の街だからケアをしよう」というホスピタリティである。実はそんなホスト意識によって、よそ者は助けられているのだ。老人は怨嗟ばかりを溜めていないで、人を積極的に助けてあげるべきだろう。

若者にとっても、道端で人に喋りかけるというのは大事なことだ。老婆が横断歩道を渡る時に青年に助けられて、自分の財産をあげたくなるということもある。夢物語のように聞こえるかもしれないが、最晩年の瀬戸内寂聴氏がそう話していたのだった。「街中で若い美女やイケメンに優しくされてごらんなさい。心が和んで、自由に使えるお金があれば全部あげたくなっちゃう」というのである。さすがに全部はやりすぎだろうと思ったものだった。もちろんそんな美談は待っていてもやってこないが、忘れた頃にやってくるかもしれない。

町田仲見世商店街

登戸ゴールデン街で小一時間休んでからは、登戸駅から小田急線に乗って町田駅に向かった。郊外のターミナルである町田は、人口も多ければ駅の乗降客も多い。都心にあるデパートやチェーン店はほぼ揃っているから、同じ小田急線沿いの新宿まで行く必要もない。

東京近郊に住む人間にとって、都心と逆方向にはなかなか出向かないもので、それで散歩の道が閉ざされてしまう。だからあえて普段とは逆方面に行ってみることが大事である。私の自宅からは下北沢と町田は直線距離がほぼ同じくらいだが、あえて町田に行くコースを選んでみるわけだ。下北沢は再開発で大きく変わってしまって、最近はもう寄り付かなくなってしまったこともある。町田のような郊外の都市には昔の路地がかろうじて残っていて、その土地に独特の磁場を持った個人商店を見つけることができるだろう。船橋、大船なども似ているのだが、昭和感が非常に濃厚に残った雑多な雰囲気があって、歩きがいがあるのだ。

今日は老舗の馬肉料理店を目的地に設定したが、まだ開店の四時まで少し時間があるので、商店街を散歩する。町の規模を見ると、渋谷よりも大きい印象を受ける。JR町田駅の北口方面がメインの商店街で、南口方面にも商店はあるが、ラブホテル街が目立つ。横浜線が乗り入れていて、横浜や八王子とも繋がっており、郊外間の移動の要に位置する町田は郊外散歩の起点になる。横浜線の気になる駅で降りてふらふらするのは、ストリート・コレクターとしては楽しい。沿線の各地域は江戸が栄える前に沢山の人が住んでいた原東京に当たるのである。新撰組も日野や八王子の農村出身者が多かった。

そもそも町田が栄えたのは、旧鎌倉街道の宿場町だったからである。明治以降は生糸の産地の八王子から横浜の港へ向かう「絹の道」の中継地となった。これから向かう馬肉料理店も、当初はそこで運送をする馬を扱う馬喰（ばくろう）の仕事をしていたのだ。

北口方面の町田街道と呼ばれる商店街を歩いていくと、縦横に色々な店がある。昔は週刊誌の街角アンケートで初体験の話を聞くといったことをしていたが、それを実施するのが町田のこの辺りなのだった。都心部だと恥じらいが先立つのだが、郊外では少し和らぐのか、あるいはサービス精神があるのか、よく答えてくれたようである。また男子学生が制服のズボンを下げる「腰パン」が一時期流行っていたが、町田は日本で一番下げていたそうだ。歩行に支障をきたしてどうすると心配になるが、これも一種のサービス精神だったのだろう。要するに、町田には都心部よりも「やり過ぎ」をよしとする独自の攻め文化があるわけだ。

道を歩くとわかるのは、町田の中心部は車を一切排除していて、歩行者向けにしていることだ。地方都市は何処でも車で乗り付けようとするために、誰もがショッピングモールに集まることになってしまう。ヨーロッパはその逆で、渋滞している道路を閉鎖して公園にしてしまうのだ。人が歩きやすい道を作ることで、街は俄然活性化するのである。

一〇分もしないうちに、仲見世商店街に到着した。戦後すぐに始まる長い歴史を持つ商店街で、老舗の飲食店や雑貨屋などが集まっている。入口の焼き小籠包屋や、町田大判焼きの名店もよく知られている。中を歩いていくと、魚屋ではマグロが安価で売られているのを見つける。雨の日の食べ歩きにはこの路地一本で事足りる。

商店街を抜けて左方向に歩けば、私がよく通う乾物屋の名店「河原本店」がある。店には昆布や鰹節などを中心に豊富な種類の乾物が揃っているが、いつも買うのは、椎茸の軸を集めたパックである。煮ることで旨味の強い出汁が出るし、その椎茸を小腹が空いた時に食べるのはうまい。煮るのに結構時間はかかるものの、それをタッパーに入れておくと手軽なダイエット食になるのだ。

町田といえば、都内にいくつもあるラーメンやカレーの聖地の一つでもある。ラーメンやカレーのマニアは下調べをして、一日に何軒もの店を訪ね歩いている。

まだ馬肉料理屋の開店まで少し時間があるから、涼みがてら近くのゲームセンターに入った。一階は最新のクレーンゲームが並んでいて、キャッシュレス決済でプレイができるようで、これでは際限なく遊ぶ人もいるだろう。こうしたゲーセンで取った景品を大学の研究室に置いているのだが、近頃はゲームのクレーンのグリップが緩く、難易度が高くなった。

柿島屋の馬づくし

開店と同時に馬肉料理屋に入る。明治一七年創業の名店「柿島屋」である。もうここは二〇年以上通っているが、夕方の早い時間に来て二軒目以降は他の商店街の店で飲むというパターンが多い。

一二〇席以上ある店内は広々としていて、席はテーブルの一般席と掘りごたつ式の上席の二種類がある。上席は席料がかかるようで、いわばグリーン車やビジネスクラスだろう。今回はテーブル席の奥の方に座ることにしたが、木のテーブルは頑丈でゴツく、ぶつかると痛いほどだ。店頭や店内には「馬」という漢字が書かれた看板や絵がかけられている。テレビでは映画『スパルタカス』が流れているが、全篇で馬が活躍するからだろうか。

料金体系の変更は何度かあったものの、基本的に酒飲みにフレンドリーな店である。まずは梅割三杯分を頼んだが、この下卑た酒が好きなのだ。よく通う都内の名店では、これを飲んだ客がトラブルを起こしたようで、店側は悪酔いするからとメニューから外したそうである。それは酒が悪いわけではないと思うのだが。

馬肉は牛肉の半分ほどのカロリーしかなく、脂っ気はなくあっさりとしている。もも肉を使用した新鮮な馬刺しに薬味の生姜、サイドメニューで一番人気のメンチ、ハム、きゅうり、枝豆、エシャロットの盛り合わせがやってくる。メンチやハムは、もちろん馬肉である。他の肉は一切置いていない。

しばらくするとまた店員がやってきて、馬肉鍋の準備をしてくれた。味噌ベースの甘い味付けのすき焼き風である。肉は煮すぎると硬くなってしまうので、まず一ヶ所にうずたかく盛ってもらう。その山から一枚ずつさっとしゃぶしゃぶにして、両面の色が変わったら食べるのだ。脂身が一番美味しいので、よく煮てから食べると良いという。卵を鍋のなかに入れて合わせても、新鮮な馬刺しの肉を入れてみても良いだろう。

ヨーロッパではイタリア人がよく馬を食べるから、現地の生協では牛肉と同じような値段で売っている。特に北部のパドヴァという都市は馬肉の生産で知られていて、レストランでよく馬肉メニューがあるのである。薄切りのステーキは、高温に熱した鉄板に自分で馬肉を載せて焼くのだが、おすすめは片面だけ焼き、あえてもう片面は生の状態にして、塩とオリーブオイルでシンプルな味付けで食べるＢＢＱだ。あっさりしていて、二〇〇グラムくらいペロリと行ける。

柿島屋で他に絶品なのが、馬肉のカレーである。最初は子ども向けメニューなのだろうと思っていたが、あなどってはいけない。メンチカツとも相性がよく、メンチカレーのメニューもある。また馬肉のすじ肉（一キロ四〇〇〇円）を買って帰ることもできるから、家で馬カレーを作ることもある。

馬肉のフルコースを全て平らげて、追加で頼んだ焼酎三杯を飲んでいると、散歩の疲れも和らいできた。やっと午後五時、ドリンカーのゴールデンアワーになったので、次の目的地に向かうことにした。

柿島屋の名物・馬肉鍋。

西荻窪・珍味亭

町田駅から横浜線に乗って八王子駅で乗り継ぎ、中央線で西荻窪駅にやってきた。約一時間の大移動だが、このごく短い「休肝」は長丁場には欠かせない。銭湯に立ち寄り、その日にかいた汗を流しておくのも妙案と思ったが、どうせまた追い汗をかくことになるので、ウエットティッシュで拭うだけにして、西荻一番の名店、台湾料理の「珍味亭」に向かうことにしよう。南口から線路沿いに少し歩き店頭に着くと、ちょうど店から人が出てきて我々四人が入ることができた。店内に一〇人ほどしか入れない小さな名店だから、良いタイミングだった。

ここは台湾人移民家族で三代続けている老舗である。先代が新宿の思い出横丁で創業し西荻窪に移転したというが、西荻窪では創業六〇年になる。西荻に来てこの店を素通りして帰ると、ばちが当たる。台湾はコロナ前に行ったきりでしばらく行っていないから、マイクロ台北ともいえる珍味亭で夜市の気分を味わう。

豚足や米粉（ビーフン）が名物だが、今日は珍味をバリエーション豊かに盛り込んでもらうよう頼んだ。醤油で煮た豚肉の各部位、豚耳、頭肉、バラ肉、胃袋、そして魯卵（煮卵）を少しずつ切り出してもらった。

若大将は大きな中華包丁を持っているが、切り方にも独自の工夫があるのだという。自分では力を入れずに包丁の重さで切るのが理想的で、まるでペンを走らせるように包丁に仕事してもらうのがよいそうだ。

私もよく家で包丁を研ぐが、最後は手で触って刃を微調整する。やはり触覚が大事なのだ。若大将によれば、爪に当てて滑らずに引っかかるかどうかを目安にするのだという。

この店には白酒、紹興酒、杏露酒などの中国酒が揃っている。ビールを終えた後は浙江省の白酒、汾酒（フェンチュー）を頼むことにした。今、大学の研究室に中国からの留学生の土産で高級白酒の五粮液が三本もあることを話すと、若大将も「あれは茅台酒と双壁の高級酒です」という。そうした高級酒は瓶だけがネットで売られていることもあるそうだが、詰め替えて客を騙すのか？

この店の大将と若大将はインテリで、店では高度な言論の自由が認められている。「いいたいことがいえなくなったら終わりですよね」と若大将はいう。ただ、私の冗談がきつすぎる時にはたしなめられることもある。散歩の終着点にこういう店があると、自らの言論のチューニングもできる。つい安心して深酒することになるが、毎回、何らかの気づきをもらって帰ることができる。

酷暑の中、無茶なツアーをやってみたが、生命を脅かすほどの夏でも何とか乗り切る自信がついたのは大きな成果である。適応能力を得るという意味では、酷暑同様、酷寒を積極的に体験しに行くのもいい。四〇年も前のことになるが、真冬のシベリアに行った時はマイナス三〇度の洗礼を受けた。冷気もこのレベルになると、凶器も同然で、外を一五分も歩いていると、肺が痺れ、関節の軟骨まで凍る気がした。東京に戻ると、寒波到来で日中でも〇度前後の寒さだったが、シベリアより三〇度も気温が高いので暑くてたまらず、コートを脱いだのだった。これまでに体験した最高気温はイスラエルの砂漠地帯で、五〇度だったから、この身体は八〇度の気温差までは対応可能であることが確かめられた。こんな「俺、強え」の感じ方もある。

第7章
角打ち散歩
——新橋・神田

雑居ビル

前章で「夏を乗り切る自信がついた」と書いたものの、二〇二三年の夏は異常な暑さで外出する気が起こらず、日課の散歩も中断していた。冷房の効いた部屋に籠っていると、思考が停滞し、直感も鈍ってくる。九月下旬になり、思考力、直感力を再び取り戻すために、散歩を再開することにした。

今日は東京の角打ち巡りをする。本来の角打ちは酒屋の一角を借り、酒を原価で飲むことなのだが、最近はその進化系・発展系もあり、多様化している。東京の角打ちを調べてみると、ビジネスマンが多い新橋と神田、新宿に集中していた。私には縁遠い新橋と神田に絞り、角打ちはしごを強行することにした。

午後三時半、新橋駅前のＳＬ広場で同行者と待ち合わせをする。新橋は新聞社が何社か集中しているものの、私にはあまり馴染みがない。久しぶりに来てみると、平日の午後ながら人出が多いことに驚かされる。ＳＬ広場では古本市まで開催されていて大盛況だった。

ビジネスマンの天国が新橋の別名ではあるが、最近はビジネスマンとは程遠い見た目の人たちも増えている。駅周辺には個性的な雑居ビルが林立し、細い路地には飲み屋が過密状態になっており、街全体が散歩心を刺激するレイアウトになっているせいだろう。

雑居ビルは、東京ならではのものともいえる。もちろん地方都市の繁華街にもあることは知っているが、これほどの数と多様性があるのは東京だけだ。SL広場のすぐそばにあるニュー新橋ビルは有名で、五〇年以上の歴史を持つ。居酒屋、小料理屋、喫茶店、金券ショップ、マッサージ店などが雑多に密集している。

雑居ビルはいわば路地の延長である。路地は水平方向に店が広がっているが、雑居ビルは垂直方向に延びた路地になっている。細長いビルの各フロアには店の看板がせり出していて、飲み屋が集まっている。横丁を縦にした状態、つまり、縦丁になっているわけだ。銀座みゆき通りなどの雑居ビルでは、一階のエレベーター前で立ち尽くしていると、客を送るために出てきたドレス姿のホステスたちと鉢合わせすることがある。基本、銀座のバーやクラブは縦方向の路地に集結している。ホステスのクオリティを見る限り、これから立ち寄ろうとしている店より高級そうで、そちらに心は動いたりするが、懐事情とは多分合わないだろう。

新宿・歌舞伎町もまた雑居ビルだらけである。靖国通りに面したビルはいろんな業種が入っていて看板が所狭しと並んでいるが、歌舞伎町の奥の方に行けば風俗店が集まったいかがわしいビルもある。中野ブロードウェイもよく知られた雑居ビルだ。八〇年代初頭にまんだらけが入ったことからサブカルの聖地になったが、今でもマンガ、アニメ、フィギュア関連の店だけではなく、飲食店やスーパー、生活雑貨店などあらゆる業種が入っている。二〇年前は近くのゲームセンターのUFOキャッチャーでフィギュアをゲットし、それをまんだらけで売るということをやっていたのだった。店は一軒当たりの面積がビジネスホテル一室ほどの小さな規模である。雑居ビルというのは、カオスで多様であるほど面白いから、どこかの店舗が店を閉めたならば、同じ業種を入れるようにすると多様性が保たれるかもしれない。一つの小さな町みたいなもので、そこに行けば全部事足りるというのが理想だろう。

ニュー新橋ビルを右手に通り過ぎてから、JRの線路沿いを品川方面の南方向へ歩いていく。サラリーマン向けだろうか、居酒屋、カプセルホテル、ガールズバー、マッサージ店が密集した通りを抜けると、雰囲気は少し変わって無機質な印象を受けるオフィス街の交差点に到達した。その交差点の斜向かいには、赤い鳥居のある日比谷神社が見つかる。東京では高いオフィスビルの谷間に神社があることがあるが、以前一体どんな人が来るのかと気になって、小一時間張っていたことがあった。すると信心深そうで裕福そうな中年女性が入っていったのだった。

交差点を渡ると、その日比谷神社のすぐそばに、角打ちで有名な酒屋「むらまつ酒商類」

がある。店内のテーブルを囲むとダークダックス状態になって賑わうのだが、角打ちの営業は曜日が限られていて、今日はやっていないようだった。

自動無人バー

しばらく歩けば、「ベンダースタンド酔心」が見つかる。その名前の通り、ジュース、酒、カップラーメンなどの自動販売機がいくつも並んでいて、そのまま立ち飲みができる空間となっているのだ。タバコを吸える喫煙所の機能も果たしているから、一服しにくるサラリーマンも多いようである。無人ながら奥にはしっかりトイレもついている。ここは最も簡易な無人バーとなっているのだ。

酒の自動販売機は年齢制限のためか運転免許証を差し込むことで購入できるシステムらしい。缶チューハイでも飲もうと小銭を入れてみたものの、なぜか反応しないようである。新五〇〇円玉がよくないのかと考えながらしばらく待っていると、後から缶がまとまって出てきたのだった。そして缶だけではなく、瓶ビールまで売っている。しかし買ってみたのはいいものの、栓抜きが何処にも見つからない。しょうがないからテーブルの角で開ける。普段なら店員に頼むようなことも、全て自分たちでやらなければならない。

アメリカの大都市などに行っても屋外で自動販売機を見かけることはないが、日本には自

ベンダースタンド酔心。

動販売機文化が根付いている。繁華街だけでなく住宅街でも何処でも置いてあって、その明かりは街灯の代わりにもなっている。

家にいたくないティーンエイジャーには溜まり場が必要である。田舎であればコンビニの広い駐車場にたむろしているが、それもないならば自動販売機の前に集まるわけだ。とりあえず飲み物を一本は買うにしても、あとはずっと自動販売機のラインナップを眺めながら、駄弁(だべ)っているのである。私が子どもの頃にはドクターペッパーを探す旅をよくしていた。「ここにも売っていなかった」など思いながら、転々と自動販売機を求めて歩いていく。そうやって何十台も経巡って、やっと見つけたときの達成感は大きなものだった。

今ではコンビニも角打ちになりうるだろう。最近の韓国ドラマを見ていると、登場人物がコンビニのイートインや店前のテーブルでよく飲んでいる様子が映し出されている。カップラーメンにお湯を入れて、一緒にソーセージなど食べながら、ソジュ（韓国焼酎）を飲んでやさぐれているのだ。そこで重要な情報交換も行われているのかもしれない。私もソウルで一度コンビニ飲みを試してみたことがあるのだが、ソジュは安価ながらアルコール度数は高く、割と酔えた。日本のコンビニも韓国のように自由に開放してくれたらいいのにと思う。

特にコロナ禍で居酒屋が閉まっていた時期は、家の近くをよく散歩をしていたが、コンビニで酒を買ってはポケットやバッグに入れて、適当なところで飲むということをやっていたのだった。

自動販売機やコンビニがあるだけで、その空間が束の間のバーになる。そうしたバーの原点に気づかせてくれるから、この店は是非とも押さえたかった。こんな店が我が町にも欲しい。

店を出ると、すぐ横に二階へと向かう入口がある。光り輝く階段があって、まるでドレスの女が現れそうな雰囲気だ。二階に上がってみると、広島の日本酒・醉心の発売元である山根東京本社のオフィスとなっていた。従業員に話を聞くと、同社が一階のベンダースタンドも運営しているそうだった。確かに一階には店頭販売や都内・地方発送などと書いた紙が貼られていた。しかし、残念ながら二階では飲むことはできないらしい。一階がエコノミークラスで、二階はファーストクラスかと思って、少し期待をしたのだが。

立ち飲み、路上飲み

再び交差点の方へ戻って、今度はJR線路の高架下の仄暗い道を歩いていく。この辺りは大企業の高層ビルが林立しているが、そのなかに佇む新橋駅前ビルは立ち飲みができる昔ながらの飲み屋が集まっているのだ。

一号館と二号館があるが、先に二号館に入って地下へと降りていく。いくつかの立ち飲み屋を外から覗きながら、目当ての「立ち呑こひなた」に入った。ここはカウンターが横一列に並んでいて、まるで飲める電車のような店である。午後一時から開店しているようだが、昼から飲んでいるのはどんな人々だろうか。

麦焼酎をロックで頼んで乾杯をする。つまみは全て二〇〇円らしい。ベトナム人の店員が、砂肝、鶏皮、ポテトサラダ、サバ焼きがおすすめだというが、まだこれからいくつも店をまわるノルマもあるので、マグロステーキとベトナム春巻きの二つを頼むことにした。

角打ちは棲み分けの原則から立ち上がった文化である。角打ちを名物化している北九州では自治体で文化認定していて、角打ち文化研究会なるものまである。北九州は八幡製鉄所で知られる古くからの工場地帯で、勤務体制も早番、中番、遅番の三交代制となっている。遅番の夜勤は仕事上がりが朝だから、朝から飲む店が必要なのだ。それで酒屋の一角で朝から飲ませるようになった。居酒屋との競合を避けるために、夕方には店を閉めていたという。

酒屋からちょっと発展して、唐揚げなどのつまみを出す店もある。特に小倉の郷土料理の「ぬか床炊き」のイワシやサバはうまかった。店は何軒もあってラインナップも違うから、はしごをするのが楽しい。またいつか北九州で繁盛する角打ち巡りをしてみたいものだ。

ところで、先頃、高円寺の商店街で恒例行事的に行われている路上飲み会に参加した。主催者の一人の雨宮処凛氏に誘われたのだ。素人の乱やだめ連などの活動の主役たちが立ち上げたイベントであるが、無職の人や家出をした人がネットで情報を見て集まり、路上で情報交換がてら飲んでいる。その輪に加わったのだが、いまや国際的な広がりを見せていて、北京語や台湾語、英語まで飛び交っていた。

私はそこで二〇代の中国人や台湾人と話した。面白かったのは、彼らが「**私たちは一生働きたくないと思っているんですけど、東京に来ると四〇代でもそういう人がいて本当に励まされます**」といっていたことだ。私は「君たちも二〇年後はそうなるんじゃない?」と返した。すると「あなたは六〇代でも働かなくて大丈夫なんですか?」と聞かれたので、「一応、働いてます。小説とか書いてます」と答えた。

現代中国の熾烈な競争社会からは距離を置いて、最低限の労働しかしないという「寝そべり族」の若者も来ていた。彼らは上の世代を見ていて、たとえ上昇志向を持ったとしても、一生報われないことがわかっているのだろう。日本側のホストはいわゆるロスジェネ世代で、二〇年以上前に就職難に直面し、以後、一生報われないことを悟ってしまった人々である。最近は日本の居酒屋やレストランでも、従業員が残業してまで働きたくないし、出世欲もなく、定時で帰宅し、趣味にかまける方がマシと考える人が増えている。経営者側もそんな従業員に歩み寄り、閉店時間を早めるようにしているのだという。

角打ちミニマリズム

新橋駅前ビルの二号館を地下出口から出て、地下道を駅に向かうサラリーマンの流れをかき分けながら、一号館に地下から入る。この辺りを歩いていると、大阪・梅田の地下街に通ずるものを感じる。広大な面積に飲食店が密集していて、通路に面したカウンターや座席で一杯やることができるのである。

一号館に地下から入ってすぐ右側にあるのが「たこ助」だ。ほんの一角の小さな店先で立ち飲みができるようになっている。メニューを見るとタコづくしのラインナップだったが、今日は北海タコ炙り、イカ軟骨塩辛、ナマコ醤油漬けを頼むことにした。酒は泡盛のニコニコ太郎のロックを頼む。

ママさんによれば、店は二〇〇〇年から二三年もやっているのだという。店の壁には子どもが描いたタコの絵もあれば、大量のタコウインナーが載ったカレーの写真まである。常連客が色々なタコグッズを持ってきてくれるそうだ。

タコといえば、兵庫の明石が有名だ。明石の生きているタコを土産でもらったことがあるが、ダシがまるで違っていて絶品だった。明石ではタコを叩いて平たくした干物もうまいが、これは一匹丸ごと使うから結構高価なものなのだ。

明石市は泉房穂氏が市民視点の自治を実践し、とりわけ子育て世代に住みやすい街づくりをしていたようだが、市内を走っているコミュニティバスはたこバスといって、車体にタコの絵が描かれている。また、泉さんは地域通貨のタコマネーを発行しようと試みたことまであったそうだ。

そんな話をしていると、ママは明石市役所の人がよく店に来るのだと話す。昔は明石からたこフェリーなるものが淡路島まで就航していたそうだ。また明石ではTシャツなどタコグッズをたくさん作っているから、土産に持ってきてくれるそうである。やはりこの店は日本各地のタコ情報をフォローしているようである。

あまり知られていないが、北九州の港で釣れる小さな地ダコは素晴らしかった。しかし、鮮度の良い地ダコであれば、東京湾産もまためちゃくちゃうまいのだ。店には海の氷の下にいるタコの写真も飾られているが、これは漁期が真冬のミズダコの一種だろうか。稚内名物の北海ダコは、流氷が流れる海で獲るのだが、それをタコしゃぶにして食べるのは絶品である。北海ダコの太い足を半分凍らせて薄切りにし、昆布だしでしゃぶしゃぶにする。レタスと合わせて、甘めのポン酢で食べるのだ。

たこ助という店は極めて狭小な空間で成立していて、いわばミニマリズムの理想形になっている。酒も食事も多くのメニューがあるようだから、一つ一つの置き場所を決めて、最大効率の収納をしているのだろう。料理は小さな熱源でさっと炙ってから客に出す。

駅のプラットホームの売店キヨスクか、昔のたばこ屋のスペースでも立派なバーになりうる。よく飲み屋をやるときの最低ユニットを考えるのだが、駅中の狭いスペースで営業するキヨスクは一つの完成形である。あとは新幹線の車内販売のワゴンにもたくさんの酒が入っていて、ある種のミニバーだといえる。それらはバーのミニマリズムの究極の姿なのだ。

角打ちとバーカロ

実は今回、角打ち散歩をしたくなった理由があって、それはヴェネチア滞在時のバーカロ巡りを日本でもやってみたいと思ったのである。現地の独特な居酒屋・バーカロでは立ち飲みが原則で、つまみのチケッティを一緒に食べる。ほぼキャッシュオンデリバリーだ。そんなバーカロは酒屋を兼ねていることも多い。

大体が路面で一五平米ほどの狭い空間で営んでいる。奥に座席がある場合もあるが、基本的には店先のカウンターで立ち飲みの客を集めている。夕方の早い時間にはいわゆるハッピーアワーで安く飲むことができるのだが、最初に飲むのはヴェネチアで一番有名なカクテルのスプリッツだろう。現地で定番のリキュール・アペロールに白ワインやカンパリ、炭酸水などを入れて、串刺しのオリーブを添えて飲む。値段は平均すると三ユーロほど、ハッピーアワーであれば二ユーロだから、日本円で三、四〇〇円程度だ。つまみもフィンガーフード中心で、一つ一ユーロ程度。スモークサーモンなどランクが少し上のものでも、二、三ユーロだ。つまり、一〇〇〇円程度を支払うだけで、充分に前菜を堪能しながら、飲むことができる。それを一軒あたり三〇分ほどの滞在時間で、カジュアルに飲み歩いていく。

ヨーロッパは他にもオーストリアのザルツブルクやウィーンのバー巡りも楽しい。オーストリアの地酒は豊富な種類があって、フルーツブランデーやラム酒などが知られている。スペインのバルではフィンガーフードが充実していて多いところでは数百種類もあるが、それをつまみにワインを飲むわけだ。

酒屋で飲める角打ち文化もある。店には相当な数のワインやグラッパが並んでいて、どれを取って飲んでもいいのである。しかし一回じゃとても飲みきれないから、何回も通うことになる。ヴェネチアは特に盛んだが、私が滞在中に訪れたバッサーノ・デル・グラッパという街では、まさにグラッパを酒屋で飲めたのだった。これは度数も高く、すぐ酔ってしまう。ワインも地酒を中心に古いものから新しいものまで多種多様に揃えていた。

そうした酒屋は昼から腹の出た中年の地元民で賑わっている。そこに観光客として割り込むわけだが、わりと歓迎してくれた。英語で「うまいね」などというと、「当たり前だろう」という顔をされるのだ。だから角打ち文化は世界的なもので、誰もが酒屋を目指して歩いているのである。

アンテナショップ飲み

たこ助でもう一杯飲もうかと思って時間を確認すると、もう五時なのだった。新橋ではもう一軒行きたい店があるから、ノルマ達成のために急いで移動しないといけない。この店はまた訪れるだろうと思いながら、店を後にした。

すぐ上の階に階段で上がって、「地酒ミュージアム 信州おさけ村」という店に入る。ここは長野県産の日本酒を提供する直売所・スタンドバーとなっている。東京には元々大名のお屋敷があった名残ではないが、地方自治体のアンテナショップがあって地元の特産品を売っている。もちろん、地方料理を出す料亭や居酒屋もある。そうした場所をまわって、各地の地酒を飲み歩くのも一つだ。

長野の日本酒だけでなく、地ワイン、地ビールなど幅広い品揃えとなっている。店に貼られたメニューを見ると、クラフトビールだけで数十種類もあるようだ。「狼、梅干しに出会う」などというユニークな名前のビールまであった。痛風でなければビールも飲みたいのだが、ここでは純米原酒・生詰ひやおろしを頼んだ。

アテの小鉢も多い。馬の腸を味噌で煮込んだ「おたぐり」が看板メニューらしい。腸は長いので、綱をたぐり寄せるように取り出すからそう呼ぶのだという。この店では信州の銘酒も合わせて煮込むそうである。おたぐりに加えて、葉ワサビの風味漬け、くるみ味噌を頼むことにした。長野の松本で開催されるセイジ・オザワ松本フェスティバルに息子も関わっていて、毎年夏にオペラを鑑賞しに行くのだが、蕎麦以外の長野料理はあまり知らなかった。しかしどれも酒が進むような逸品ばかりである。

新橋の店で飲んだ酒はそれぞれがうまかった。時間も限られているから、次の目的地の神田へと向かうことにする。ＪＲ新橋駅に向かう道は、退勤するサラリーマンで溢れかえっている。新橋はこれからの時間が書き入れ時となる。

角打ちの老舗

神田は居酒屋探訪を始めた頃によく来ていた街で、駅付近に新橋と同じように居酒屋などの飲食店が密集している。しかし駅を出たときの規模が小さく感じるのは、日本最古の地下鉄・銀座線の駅ならではだろう。

是非とも押さえておきたい角打ちが「藤田酒店」だ。駅から東方向へ数分ほど歩くと、「清酒　櫻正宗」と書かれた看板が目に入る。古い造りの店全体がバーのようになっていて、角打ちの進化系・発展系となっている。カウンターに立つと、背後には一升瓶の酒や缶入りの各種アルコールを入れた冷蔵庫があり、セルフで取り、会計する仕組みだ。その脇の棚には所狭しと袋入りのつまみが並び、駄菓子屋の様相を呈している。

気分を変えてカベルネ・ソーヴィニヨンを頼み、うるめいわしを炙ってもらう。

店主に話を聞くと、酒屋は九〇年以上、角打ちはこの一〇年ほどやっているのだという。昼間は酒屋の配達などをしていて、夕方から立ち飲みの営業をするのだそうだ。酒屋でしか飲めない希少なワインや日本酒を提供するようにしているという。

店主によれば、神田にも駅前再開発の話があるらしい。戦後の焼け跡なら、再開発もやりやすかったかもしれないが、長年そこにあるビル一帯を一斉に壊し、高層ビルを建てるなんて無理な話だ。スクラップ・アンド・ビルドのスピードは高度成長時とは比べようもなく遅い。消費が冷え込み、デパートの撤退も相次ぐ中でショッピングモールを作っても、客で賑わう光景が浮かばない。タワーマンションを建てたとしても、入居するのは富裕層だけだ。しかも彼らは投資物件のようにしか考えていないのだから、地元に居着くわけでもない。

高層ビルを林立させると、「地元」は消え、人の流れも途絶える。地域住民がなるたけ歩くように誘導する街を目指すべきだ。子どもを育てやすい環境を用意すると、第二子を考えている、そこそこ購買力のある中間層が集まって商店街は再生するだろう。人々は歩くと健康になるから、健康保険のコストも安く済むはずだ。歩ける都市にすることで、自ずと人は集まってくる。店主の話を聞きながら、飲み歩きの拠点となる角打ちには、再開発に大いに

武蔵野ビル
03
5677
6774
激安
酒場
イチゴー
MOJITO
LOVES
BACARDÍ
PREMIUM
KIRIN

神田・イチゴー。

抵抗してもらいたいと思った。

マルチプルな角打ち処

結構酔っ払ってきたが、あともう一軒くらいは行ける。少しふらつきながら店を出て、今度は外堀通りを北上し、小川町方面に歩いていく。小川町駅に着く間近のところで左に曲がると、酒場「イチゴー」が見つかった。その隣には何度か行ったことのある居酒屋「みますや」があって驚いた。東京最古の居酒屋の一つといわれる老舗だ。

イチゴーは比較的広い店内に、ビールケースの上に板を載せたテーブルが並んでいる。外で一服して戻ってから気づいたが、店内でも喫煙ができるようだ。角打ち巡りの締めであるこの店では、芋焼酎ロックに、まめあじの唐揚げ、とり大根の煮物を頼む。

これまでは立ち飲みが続いていたが、五軒目のここでは座れて一休みをすることができた。昨夜は朝まで飲んでいたし、今日の午前は大学で講義をやってきたから、疲れが少し溜まってきたようだ。この近くの御茶ノ水駅前には名曲喫茶の「ウィーン」があったのだが、まさにそんな店でクラシックでも聴きながらやすらぎたい気分にもなってくる。

イチゴーの店内の壁の掲示板を見ると、婚活パーティも企画されているようだった。提灯系居酒屋が好きな二〇～五〇歳が参加者なのだという。また、ダンスパーティも告知されていた。今気がついたが、店内中央の天井にはミラーボール、そして入口には大きなスピーカーまである。テーブルを全部片付けて照明を落とせば、この酒場はダンスホールに一変するのだ。

酒場では普段交わらない人々との予期せぬ偶然の出会いがある。そうした人材の流動性が失われた街は衰退していくだろう。新宿のバーでは低収入者も高収入者も横並びになって、同じ土俵で議論をしている。若い頃にはよく新宿のバーを飲み歩いて自分の仕事を「狩る」ことをやっていた。つまり、バーには年上の編集者がいるから、話しながらこちらもハッタリをかますことで「面白い、うちで書いてみる？」などと仕事に繋がるのだった。まるで野原でセリやドングリを採集するように、夜の酒場の飲み歩きが狩猟採集となっていた。店から店へと飲み歩き、人と出会うことが全ての基本にあるのである。

第8章

田舎を歩く

――屋久島・秋田

森の巡礼　縄文杉に会いに行く

都市で暮らす現代人はほとんど意識することはないだろうが、その脳の奥深いところには遠い先祖の記憶が眠っている。日本に暮らす多くの人々は森で暮らした狩人の末裔である。そのせいか、無意識に森に対して郷愁を覚えるのである。ながらく都会のしがらみの中にいると、逃避願望が頭をもたげる。そんな時、人は森を必要としている。**一種の転地療養のつもりで森に出かけると、不思議と心がリセットされ、気力が補充される。**人間の身体はそのようにプログラムされているらしい。私自身、時々「森が足りない」と感じると、それこそビタミンを補うように、森に出かけるのである。

日本には各地に深い森が残されている。北は北海道知床、青森の白神山地から、アルプスの森、そして吉野や熊野の森、四国の森、南には高千穂や屋久島の森と、至るところに神話や伝説と縁の深い森がある。屋久島の森は日本神話の神・山幸彦（やまさちひこ）が暮らしたと伝えられる。実際に森を歩いてみると、その眉唾の話を信じてもいいかなという気になる。山幸彦が生きていたのは今からざっと二千数百年前だとして、縄文杉や大王杉はさらに一〇〇〇年も前からそこにあった。森は生きているので、様変わりはするが、いたるところに原始の名残をしっかりとどめている。いわば、数千年の時間の経過を一本の木の形を通じて、眺めることになるわけだ。物言わぬ木は何も語りかけてはこないが、神話の時代に立ち会っていたことだけは確かなのである。

屋久島では「縄文杉に会いに行く」という言い方をよく聞く。ただ見物に行くのではない。ただフィトンチッドを吸収しに行くだけではない。何しろ、そこへ行くには往復で一〇時間も歩かなければならないのだから、単なる見物以上の動機が必要だ。擬人化して、あたかも森のＶＩＰに会いに行くつもりになった方が歩き甲斐があるというものだ。森の精霊とか木霊とか、超自然の物の怪に出会いたいという期待もあるかもしれない。**自然物を前に敬虔な気持ちになったら、それはすでにアニミズムの領域である。**

縄文杉に向かう「巡礼」の道は、トロッコの軌道上を歩くことから始まる。まだ暗いうちからバスで荒川登山口に向かう。バスを降りると、軽い準備運動などして、おもむろに渓谷に沿った林道を行く。枕木を踏みながらしばらく歩き、何度か橋を渡ると、集落跡を横切る。集落跡から先は枕木の上に板が渡され、俄然歩きやすくなる。涼しい朝のうちに距離を稼ごうと、急ぎ足で先を進む。途中、線路を固定する太い釘に目が行くようになる。よく見ると、錆びた釘が線路の両脇に捨てられ、ゆっくりと土に還ろうとしている。その錆びに「わび」を見たので、拾い集め、自分の鉄コレクションに加えることにした。

林道の途中では三代杉が見られる。これは古い切り株の上に二世代目の杉が育ち、さらにその幹の上に三世代目の若い杉が生えているものだ。屋久杉の森では、切り株や倒木の上に新世代の杉が育つ「更新」がいたるところで観察される。森の世代交代である。また「着生」「絞め殺し」といった屋久島に特徴的な現象も見られる。「着生」は巨木の幹などに種子が落ち、豊富な水分で成長するもので、杉の木にヤマグルマやシャクナゲやツツジやナナカマドなど何種類もの木が根を生やしている。多様なテナントが入った雑居ビルのようなものである。「絞め殺し」は文字通り、幹に絡み、食い込むボンデージを思わせ、エロい。

二時間ほど平坦な林道を歩くと、その先は険しい山道になる。弾む息を整えながら、徐々に高度を上げてゆく。最初に登山者を迎えてくれるのは翁杉、そしてウィルソン株である。かつて屋久島は年貢を米ではなく、材木で納めていたという。屋久杉は屋根材としての需要も多く、江戸時代に当時あった屋久杉の五から七割は伐採された。しかし、伐採跡の日当りのよい空間には新世代の杉が育つ。伐採から二、三〇〇年が経過した、ウィルソン株周辺の杉は立派で、見事な美林に戻っている。ここから縄文杉までの道が長い。途中、大王杉を拝み、すれ違う人の「あと二〇分」の声に励まされ、ようやく辿り着く。巡礼者は根を守るために作られた祭壇のようなお立ち台に立ち、日本で最も太く、古い杉との対面を行い、気をもらったり、精霊の声を聞いたりするのである。

帰りも四、五時間の道を歩いて戻らなければならない。楽しみは三〇分おきに飲める岩清水だ。屋久杉の森で磨かれた水は歯茎に絡みつくように柔らかい。酒がなくても、その水に酔うことができる。余力はなかったが、帰りは白谷雲水峡に回った。こちらの山道は花崗岩の大岩と苔が醸す佇まいが天然の日本庭園のようで、五臓に迫るものがあった。屋久島の魅力は杉に限らない。緑の絨毯を敷き詰めたような苔の魅力も忘れてはならない。花崗岩の巨大な一枚岩でできた島に降る雨をしっかりと保水しているのはほかならぬ苔であって、この苔を土壌にして木々は育つのである。

島の人口と同じだけ森に生息するという鹿や猿は、そんなことは先刻ご承知だ、といわんばかりにこちらを見つめていた。

一五〇年前の旅の軌跡をなぞる

イザベラ・バードの『日本奥地紀行』は日本にようやく鉄道が敷設され、文明開化の波が押し寄せた頃、通訳を一人随行させ、東北、北海道を旅した記録である。まだ田舎には文明開化の影響はほとんど及んでいなかった。比較的スムースだった秋田県内の移動の軌跡を一五〇年後に実際に辿ってみたことがある。秋田魁新報社の企画で平野啓一郎氏と同行した。「国境の長いトンネルを抜けると雪国であった」というあまりにも有名な川端の『雪国』の書き出しはこれまで無数の人々の感傷を誘ったはずだが、トンネルがなかった頃の国境越えにはそんな感傷に浸る余裕などなかっただろう。

無人の院内駅に佇み、南側の山を眺めながら、イザベラ・バードはあの山を越えて山形から秋田に入ったのだなと思った。山越え、峠越えに苦労してきた先祖たちにとって、行程のショートカットは悲願でもあり、その悲願がトンネルの掘削技術の磨き上げに結実したのだろう。実際、日本はトンネル帝国である。世界の何処にこれほど多くのトンネルを有する国があろうか？　**トンネルを抜ける時、誰しも別世界へのワープをイメージする。**現代の日本人の無意識にはこの感覚が刷り込まれているに違いない。先が見えない暗闇を通過し、突然明るい視界が広がる時の軽い高揚感を旅の道中で何度も経験するが、明治の頃の日本、江戸時代の日本の旅を追体験しようと思ったら、全国各地のトンネルを塞がなければならない。

道中をほぼ徒歩か、馬の背に揺られて移動したバードはその紀行の中で、再三、馬に対する不平を呟いている。おそらく彼女を運んだ馬は農耕用の駄馬で、競馬場の芝を疾走するサラブレッドや英国風の乗馬のイメージからは大きくかけ離れる。自動車の免許はないが、乗馬は得意な私は馬で移動してみたいと注文を出し、旅の指南役を困惑させてしまった。現在ではバードを泣かせた駄馬はもう何処にもいないそうである。確かに江戸時代にも移動に馬を使うことはほとんどなく、早駆けの馬を見たら、戦でも始まったかと思っただろう。明治の初期にはもう横浜―新橋間に鉄道が開通していたが、田舎に機関車が走るのはずっと後のことで、歩く以外の移動手段はせいぜい人力車か乗合馬車だった。

バードは行く先々で衆人の好奇の眼差しに晒されていた。駄馬に乗って、野次馬の中を行くその光景を想像すると微笑を誘われるが、当時の日本の「奥地」では西洋人の女性は木戸銭を払ってもこの目で見たい珍客だっただろう。それだけ街道や集落には賑わいがあったのだ。手を振るでもなく、微笑みかけるでもなく、無表情に遠巻きに眺めている様子が目に浮かぶが、一五〇年後の院内の街道では誰一人すれ違う人がいなかった。「ちょっと遅かったですね。朝七時頃に来れば、農作業から戻った人や登校する生徒と会えたでしょう」と同行の地元新聞記者にいわれたが、その時間は私の方が現実の世界にいない。

院内銀山跡を訪れた時はデジャヴに襲われた。昔の記憶を手繰り寄せてみたが、ここに来るのは初めてだった。私は世に少なからずいる廃墟マニアの一人で、これまで長崎の軍艦島や佐渡金山跡、八幡平の松尾鉱山跡など数々の廃墟を巡ってきたが、そのいずれかの光景と重なったからだろう。閉山から六〇年以上の歳月が経過すれば、かつて賑わった町も森に還る。アンコールワットもそうだったし、チェルノブイリもそうだ。金山神社と墓地もいい苔生し方をしていた。都心部では墓や死者の新陳代謝が活発だが、ここでは一〇〇年以上前の無名の死者の痕跡に容易に触れることができる。廃墟の魅力とは、自分がいる今ここに遥か遠い過去も同時に、自分たちの身近に遍在しているのをリアルに感じられるところにある。今ここにいる人の数より確実に死者の数の方が多い。**廃墟はそれ自体がタイムマシンなのだ。**

　一一月も下旬になれば、廃墟も根雪に覆われ、無音の冷凍状態になる。四メートルもの雪に閉ざされる季節にこの土地に暮らしていたもう一人の自分をしばし夢想していた。

　扇状地を横目に湯沢の町に向かう車中で、サクランボとセリの産地で、小野小町の出身地という話を聞かされ、ふと思った。米や新幹線の名前にも使われ、美女を指す代名詞にもなっている小町だが、その素顔を知っている人は一人もいない。ひとまず木村伊兵衛が撮影した菅笠の秋田美人や佐々木希の顔を思い浮かべてみるが、卒塔婆小町からの連想で卒塔婆のイメージが先に浮かんでしまった。

　湯沢に至る旧羽州街道沿いの「愛宕町の一里塚」には樹齢四〇〇年を超えるケヤキがある。どうしてこうなったのか、大いなる謎を突きつけられた気がしたが、キングコングか、ゴジラを間近で見たような威容に、こういう木を選んで神も宿るのだろうと思った。誰しも樹木には何らかの所縁を持っている。このケヤキと日常的に接している人の無意識には木にまつわる元型的なイメージが刷り込まれているに違いない。信仰の対象にはなっていなくても、その木に父や母を重ねたり、「マイ・ウッド」指定をして、日々の喜怒哀楽を処理してもらったり、木登りの教師、寡黙な友人扱いをしたりもする。過去にこのケヤキとハグをした人、頰擦りしていった人は数えきれないほどいただろうし、感動の再会を果たした旅人も少なからずいたに違いない。

タイムスリップ

ローカル線に乗る楽しみは、車窓から風景の移り変わりを眺めているだけでも充分満たされるが、沿線住人の顔やコトバに直に接しつつ、この地方に暮らすもう一人の自分に想像を巡らせる時間にもなる。湯沢駅から奥羽本線の下り列車に乗り、後三年駅で降りた。いかにも由来を知りたくなる駅名だが、日本史で学んだはずの「後三年の役」のことは思い出せなかった。鎌倉幕府が開かれる一〇〇年前、奥羽藤原氏栄華のきっかけとなった合戦の跡地がここだといわれ、時間感覚が狂った。旅人はその気がなくても、道中でいきなり別の時空に連れていかれる。ヴェネチアに暮らしていた際も、現在の日常の中に中世が並存しているので、毎日タイムスリップしている感じだった。これも一種の時差ボケか?

駅も無人、合戦跡の金沢柵も無人で、何となく人恋しくなってきたところで、六郷へ移動した。寺町を歩き、バードも立ち寄った本覚寺の境内を見た後、町内の至るところにある湧水を見て回りながら、自ずと「水の都」とか「オアシスの町」のイメージを重ね合わせていた。人はその組成の七割が水ということもあり、水との親和性が高く、水に想像力を刺激されやすい。お茶や料理や風呂で六郷の湧水を堪能し、自分と水が合うかどうか確かめたかったが、地酒を買って、あとで身体に取り込んでみることにした。

秋田市内に向かう途中で大曲の花火大会の会場である雄物川河川敷と神宮寺の船着き場を訪れた。川や海の様相は地域によって全く異なるが、自分が慣れ親しんだ川や海がイメージの基準になる。私の場合は、東京と神奈川の境を流れる多摩川と湘南の海が常に比較の対象になる。雄物川は水量も多く、流れも速い印象だったが、何よりも河川敷の広さに圧倒された。雄物川の流れはバードが訪れた当時とは違うようだが、水上交通が主流だった頃は流域も大いに賑わっただろう。先日、母に秋田を訪れた話をしたら、彼女が小学五年生の頃に大曲を訪れた時のことを話してくれた。地域の人々が集まり、交換会なるボロ市のような催しがあり、祖父はそこでうどんを売る露店を出し、家族総出で手伝ったというのだ。うどんはあまり売れなかったが、お祭り気分で楽しかったらしい。母は祖母の里である秋田に疎開し、終戦後もしばらく秋田にとどまった。小学校では東京のコトバを揶揄われたが、教師には毎回、教科書を朗読させられたという。私は四分の一だけ秋田の血筋を引いているが、秋田に暮らしたことはなく、実の祖母も知らない。祖父は先妻を亡くした後、真坂の女性と再婚するが、私はその人を「おばあちゃん」と呼んでいた。祖母に甘やかされた記憶が秋田と私をつなぐ細い糸だったわけだが、これまでも度々、秋田を訪れる機会があり、その糸は少しずつ太くなっている。

かつての川湊、新屋に立ち寄った際、無人の味噌、醬油売り場を見つけた。ふと祖母の味噌汁がやけにしょっぱかった記憶が蘇り、つい味噌一キロ、醬油一升を買ってしまった。今思えば、私は幼少の頃から秋田名物に慣れ親しんでいた。朝食の膳にはいつもいぶりがっこと子持ちのハタハタが、夕食には馬肉の大和煮が並んでいた。

秋田市内に入り、ようやく若者の姿を見かけた。能代出身の呑み友達によれば、駅前のOPAがナンパの名所らしいが、その日は休業だったようだ。かつての繁華街がシャッター通り化し、郊外のショッピングモールに客足が移るのは地方都市共通の現象だが、当てどなくほっつき歩ける路地裏や場末は酔客に必要不可欠なインフラである。案外、そういうニッチは都心の方が多い。幸い、秋田では過去に何度も気持ちよく飲んだくれることができた。山菜三昧の五月、新酒、新米の秋、豊富な海の幸とハタハタ寿司が食べられる冬、どの季節に訪れても、酒ははかどる。二日酔いは温泉で容易に抜ける。日本酒は罪深いほど美味だが、そのせいで痛風が悪化して歩けなくなったら、元も子もない。

一〇年ぶりくらいに藤田嗣治の「秋田の行事」を見たが、展示場所が変わっていた。失われてゆく習俗も絵に焼き付ければ、永久保存できるなと思いつつ、文化財の残し方についてしばし考えた。映画のロケ地にして、映像に風景を保存するとか、何か面白い企画を次々に打ち出すアーティストを数ヶ月間、住まわせ、新名物を作らせるとか、色々方法はある。

母の疎開先、祖母の故郷を歩く

これまで通過してきた町の地酒を何種類も揃え、飲み比べ、夜の街にも繰り出した翌日は二日酔いで、八郎太郎のようにむしょうに喉が渇き、水を一リットルほど飲む。酒どころは水どころで、酔い覚ましの水もまた絶品である。秋田市内で牛肉やカレーにありつけたバードは英気を取り戻し、旅を続けた。明治以前に日本を訪れた旅人の多くはその食生活の貧しさを嘆いている。ザビエルは味噌汁を「変な匂いのするスープ」、豆腐を「豆のチーズ」と呼んでいたが、他に食べるものもなく、我慢するしかなかった。戦国時代には南蛮商人の影響から、武士の間で肉食が流行ったが、外国との交渉が限定的になると、すぐに廃れた。明治維新で牛肉食が少しずつ普及してゆくが、保存のために肉を味噌漬にしていたので、すき焼きの最初は味噌味だったそうだ。洋食が地方に普及するまではずいぶん時間がかかったようだ。以前、京都の祇園にある創業明治の老舗のバーで当時のメニューのコピーをもらった。ライスカレー、ハムエッグ、ビフテキなどの価格を現在の水準に計算し直し、あまりに高価なのに驚いた覚えがある。

バードは土崎港で曳山まつりの曳山を見ているというので、当時のものよりかなり低くなったというそれを歴史伝承館で見た。曳山のハリボテより寄せ木造りのような車輪に見惚れ、またまつりのポスターに写っている若い衆の強面ぶりに注目した。バードは曳山を丹念に描写しているが、凝った装飾にかなり興味をそそられたようである。

一五〇年後のバード後追いの旅はいよいよ八郎潟に至った。干拓地や男鹿の山並、海岸沿いの風車まで一望できる飯田川の高台に立った。これまで各地で何度となく目にしてきた、干潟や干拓地の風景を重ね合わせていた。ヴェネチアはラグーンに木の杭を打ち込んで建設された都市で、本島周辺の海は浅く、潮干狩りができるくらいだ。オランダに至っては国土の大半が干拓地である。全長三二キロにも及ぶ締め切り大堤防が海抜より低い土地を守っている。今から六〇〇〇年前の縄文海進に思いを馳せれば、日本の何処の海岸線も今よりずっと奥まで入り込んでいた。近頃は地球温暖化の影響で水没が懸念される土地のことがよく話題になるが、かつて海の底だった場所から先に水没してゆくことになるのだろう。

母は小学生時代、飯田川と五城目で疎開生活を送っていたが、飯田川の高台にはよく登ったという思い出を懐かしんでいた。そこは東京から不慣れな土地にやってきたよそ者の少女の憂鬱を晴らしてくれる「聖地」だったようである。母が見ていたのは干拓前の八郎潟の雄大な光景だったはずで、彼女は何度も心が洗われる思いをしたらしい。偶然にも母が最も愛してやまなかった高台を七五年後に息子が足跡をつけていったことになる。母は自分に親切だった数少ない友達がよくシジミ採りに誘ってくれたという記憶も蘇らせた。ビクビクしながら水に顔をつけ、静かに目を開けると、大粒のシジミがゴロゴロ転がっていたのだとか。そういえば、母はよく「ゴリが食べたい」と漏らしていた。ゴリとは干潟で獲れるハゼの仲間で、唐揚げや佃煮にしたものが大好物だったらしい。いずれも今ではすっかり希少食材になった干潟の幸である。

祖母の郷である八郎潟町真坂を経由して、さらに北上し、能代市檜山に向かった。昔の旅の姿を偲びながら、羽州街道の松並木をしばし散策した。江戸時代は松並木を駕籠や徒歩で進む旅だった。明治になると乗合馬車が松並木を走るようになり、やがて鉄道に変わる。バードは青森との県境にある矢立峠を越えるのに乗合馬車に乗っている。

明治天皇の巡幸に際して、切り開かれ、明治新道と呼ばれた旧羽州街道は人の行き来も途絶えたが、地元有志が維持管理していて、ハイキングコースのように歩ける。この林道を乗合馬車が進む光景を見てみたかったが、スイッチバックで山道を登る登山鉄道のイメージを思い浮かべていた。最近、この森には熊が出没するというので、歌でも歌おうかと思ったが、熊にうるさがられたら、逆効果と思い、黙って足早に林道を歩いた。バードは矢立峠の佇まいを「日本で今まで見たどの峠よりも賞め讃えたい」と絶賛している。案外、あっけなく県境の目印が見えたところで秋田縦断の旅は終わった。バードはこの先も青森を経て、北海道に渡り、アイヌのもてなしを受けている。

チェーホフがロシアの流刑地サハリンへの旅に出たのはバードの旅から一二年後のことである。極東情勢は大きく様変わりし始め、日清戦争が起きるのはその四年後である。**文学者が従軍記者となって、熱心に外遊を始めるのも日清戦争の頃からであるが、日本人が外国や異民族に対する、偏見を排した客観的かつ公平な観察眼を獲得するのに、戦争は大きな障害となっただろう。**もちろん、大岡昇平の『レイテ戦記』のような優れたルポルタージュは書かれたが、未だ先祖返りしたかのように差別的な言説が中国や韓国に向けられているのを見ると、公平な観察眼ほど文明の成熟度を図るのにふさわしい尺度はないとも思える。

バードが旅した一八七八年当時の秋田は何処も多くの人で賑わっていた。行く先々に珍客見たさの群衆が待ち構え、子どもの数も多く、また祭りともなれば、三万二〇〇〇人もの人出があった。当時の日本の総人口は三六〇〇万人と現在の三分の一より少なかったにもかかわらず、バードは道中で夥(おびただ)しい数の市井の人々の姿を見ている。一五〇年後、私がすれ違った人の数は、道の駅の客、駅前の通行人を全て合わせても一〇〇人以下だったと思う。いかに地方分散が掛け声どまりでしかないかがよくわかったが、リモート・ワークの時代には都心部に住む必要は薄れるので、移住者が増える可能性はある。よそ者に旅をさせ、個人的絆を深めてもらう作戦は時間こそかかるが、確実に成果が出るものと思われる。

旅芸人になる

沖縄民謡のさる名手は時々、行方不明になることで有名だった。家族には「ちょっと出かけてくる」と近所に一杯飲みに出かけるような軽い調子で、出て行ったきり、二、三ヶ月帰ってこないのだという。その手に三線を持っていたので、家族は「ああ、ツアーに出たな」と思うのだそうだ。「ちょっと出かけてきた」先は東京だったり、大阪だったり、ハワイだったりする。着替えも、現金も持たず、楽器だけを抱え、ふらりと旅に出るのである。パスポートを持っていたのか、密航だったのではないか、と心配になるが、二、三ヶ月後にはお土産など持って、帰ってくるのだという。身軽というか、ノリがいいというか、行き当たりばったりというか、何事も用意周到に準備し、予定通りに事が進まないと不安になる小心者にはなかなか真似のできない旅のスタイルではあるが、それこそが旅の原点だといえる。

彼は知り合いに誘われるままに船に乗り、自慢の喉で船員たちの人気者になり、船上ではＶＩＰゲストの待遇を受け、むろん船賃はタダでホノルルに渡る。ハワイには同じ沖縄出身の仲間たちが大勢いて、彼らに歓迎され、盆踊り大会や、のど自慢大会や、結婚式などに招かれ、その都度、歌舞音曲のサービスに努める。代わりに宿と食事が用意されるというわけである。ホスト・ファミリーを何軒か転々としながら、楽しく過ごし、チップや謝礼ももらい、そろそろ家族が心配する頃合いを見計らって、家に帰るのである。音楽は旅する身を大いに助ける。人の心を和ませる芸を持っている者は何処でも生きていける。ちなみにこの人物とは往年の沖縄民謡の大家、嘉手苅林昌（かでかるりんしょう）のことである。

たとえば、文無しで何処とも知れない異国の土地に放り出されたとする。今日の寝床や夕食にもありつけそうもない。とりあえず、自分の身の置き場所を探して、うろつき回ることになるだろう。もし、楽器の一つでも、歌の一曲でも奏でることができたら、その瞬間から周囲の人々はあなたをミュージシャンと見做し、足元に置いた箱にいくらかの小銭を恵んでくれるかもしれない。そんな小さな奇跡を一度は起こしてみたいものだ。

昔から音楽家はそんな旅を繰り返してきたのかもしれない。あのモーツァルトも、幼少期は父親に連れ回され、宮廷や貴族の邸で演奏を披露する旅芸人のような日々を送っていた。モーツァルトほどの才能がなくたって、いや楽器が弾けなくても、音痴であっても、自分の待遇改善のための努力はできる。**人を笑わせる芸があれば、似顔絵を描く技術があれば、占いを齧ったことがあれば、料理の腕があれば、いくらでもつぶしは効く。**

松尾芭蕉は晩年に東北地方へ旅に出たが、再び江戸に戻ってこられる保証はなかった。彼には野垂れ死にする覚悟はあったが、旅自体は快適だったように見受けられる。俳諧師は徘徊がよく似合うというわけではないが、すでに名のある大家になっていた芭蕉は行く先々で、地元の風流人のもてなしを受けた。芭蕉を句会のゲストに呼ぶことは名誉なことだったので、地方名士たちはこぞって彼を歓待した。道中、芭蕉は次に向かう先でホストになってくれる人を紹介され、彼らの好意に甘えた。そうした一宿一飯の接待の記録……それが『奥の細道』である。

現代の物書きも自作のプロモーションや取材、講演などで各地を旅するが、アメリカやヨーロッパでは駆け出しの作家たちが大学や図書館を転々とし、自作を朗読しながら、地道に名前と顔を売るツアーを行っている。同じアメリカでも東海岸と中西部、南部、西海岸ではそれぞれ読者層も出版文化も異なる。作家は各地を訪れ、その土地にあったプロモーションを行い、市場を広げるのである。

のちの偉人たちも修業時代には、留学、遠征、従軍とさまざまな旅の様態を経験しているだろう。捕虜や人質として、辛酸を舐めたり、恋に落ちたり、固い友情を結んだりもしただろう。そうした旅の経験は全て、事績として歴史に残るし、彼らの世界観、人生観を変えることもある。今日、私たちが旅先で見かける石碑や記念樹はその事績を後世に伝える。オバマ大統領が少年時代に鎌倉で抹茶アイスを食べた経験、今上天皇がアメリカでホットドッグを食べた経験さえも、のちには日米関係を論じる時には歴史的意味を持ってきたりするのだ。アーティストも物書きも同様に、旅先での経験が作品に反映されるのである。サハリンに旅行に出なかったら、チェーホフ晩年の傑作は書かれなかっただろう。タヒチに行かなかったゴーギャンを想像するのは難しい。

旅人は訪れた先で暮らす人々の振る舞いを見つめている。旅人の振る舞いもいつも誰かに見られている。**あとからそこに来る人のために旅の恥はなるべくかき捨てない方がよいし、よそ者には親切にしてやるに越したことはない。**

エピローグ

移動の自由再考

冒頭で、散歩は移動の自由と権利を躊躇なく行使するための訓練となる、と書いた。信号を守るとか、むやみに私有地に立ち入らないとか、他人の通行を妨げないとか、散歩者が基本ルールを守っていても、自由な往来の通行には何かとバイアスもかかっている。

無論、移動の自由を制限されることがあってはならないが、実際に私たちに身近なところで、密かに移動制限が行われている。直近では新型コロナの蔓延防止の名目で、「不要不急の外出」の自粛が求められた。旅に出たくても出られないストレスから、近郊や他県にドライブに出た人は、地元の人から白い目で見られたかもしれない。この時、市民の相互監視によって、実質的に移動の自由が制限されたといえる。私たちが散歩する時は、その土地の人々の寛容さに甘えている。立場が入れ替わって自分が散歩者を迎え入れる側に立ったら、やはり彼らに寛容さを示してやらなければならない。散歩者同士は互いに寛容に努め、移動の自由を奪われないよう協力し合う必要がある。

数年前、与党候補者の選挙演説にヤジを飛ばした市民が、地元警察によって、執拗に追い立てられ、移動の自由に対する嫌がらせ的な妨害を受けたケースはどうか？　また、デモやハロウィーンや花火など、人出が多い際に、警察等により通行規制がされることがしばしばだが、「安全のために」「スムースな通行のために」といいながら、わざわざフェンスを道路に並べたりして、逆にスムースな通行の妨害をしているケースがよく見られる。

また、入国管理事務所での収容者の死亡事件の際も、日本の難民に対する非人道的ともいえる冷淡さに抵抗感を覚えた人が少なからずいた。そういう人は難民が置かれた過酷な境遇に同情するだけでなく、いつか自分の身にも降りかかってくる問題として受け止めたに違いない。入管に収容された外国人は日本政府によって移動の自由を剝奪されていたという事実は重く受け止めなければならない。移動の自由を含む人権は、自国民と外国人の区別なく万人に付与されているのであって、それを制限すること自体が国家的暴力の最たるものである。犯罪者は法に基づき、移動の自由を制限されるが、犯罪と無縁の者まで不法滞在という名目で犯罪者同然の扱いを受けるのは不当だ。

移動の自由は私たちの死活問題そのものである。万国の散歩者よ、団結せよ。

無意識にアクセスする運動

書斎にいる時はＳＮＳの書き込みに腹を立てたり、書評を書いたり、主人公にテロを実行させたり、密航させたり、美女と愛を育んだりする妄想に磨きをかけている。小説家は現実世界の認識と、それとは別の仮想現実を作り出すのに、もっぱら頭を使っている。だが、創作のことを忘れ、散歩に出て、草木や昆虫、野鳥と親睦を深めながら、自由に連想を広げるようなこともやっている。**都市も里山も多様な細部で埋め尽くされており、本のように読むことができる。**花鳥風月を愛でることはすなわち自然と対話することであり、自然観察と自己認識は表裏一体だった。

「思考するのは人間だけ」という思い込みは、生物学者や人類学者によって改められている。人間が意思や意識を持っているのなら、植物、昆虫、動物も持っていると考えた方がよさそうだ。少なくとも、蚊や蜂は明らかな攻撃意図を持って、こちらに向かってくるし、ナナフシやカマキリはこちらの目を眩まそうと、擬態を取ったり、死んだふりをしたりする。森でしきりにさえずっている鳥も文字通りのチャットをしていて、そこには意味も文法もある。被害妄想が高じた人が「鳥がオレを誹謗中傷している」と思い込むのはあながち間違いではない。梅の木にしても、昆虫に受粉を手伝わせるために、実がならない花をたくさん咲かせて、虫の目を欺くのである。少なくとも、動植物は自他の区別がついているし、自己認識をともなった思考をしているし、私たちがよく頭がいいと褒める鴉や熊は、言語を操っている。そういう前提で、散歩をしていると、小学生の頃によく歌った歌の一節が口をついて出てくる。

ぼくらはみんな生きている。ミミズだってオケラだって、アメンボだって、みんなみんな生きているんだ。友達なんだ。

やなせたかしの歌詞ではトンボ、カエル、ミツバチ、スズメ、イナゴ、カゲロウらも友達に数えられているが、いずれも郊外の散歩道では馴染みの生き物ばかりだ。友達と見なすからには、意思の疎通、魂の交流があったはず。やなせたかしも虫の声に耳を傾け、一緒に歌ったり、笑ったりしたのだろう。近頃、友達にはろくなニュアンスが伴わない。利害が一致した者同士の野合をイメージする。類は友を呼ぶともいうが、友達になる動機が問題だ。昔は目標や理想を共有するものを同志と呼んだが、今では相互利益にならない相手とは友達になれないようだ。そう考えると、自分に友達が少ない理由も納得できる。

生産業が停滞し、開発が鈍化し、人口が減少傾向にあるせいか、郊外の住宅街の生態系は少しずつ自然に還りつつある。同じように、生産活動の前線から退いた人間も自然に回帰する。**国破れて山河あり、退職者に野山ありである。**利害関係の埒外に置かれると、人はにわかにミミズやトンボと友達になるのである。都市だって生産活動が終われば、すぐに廃墟になり、三〇年後には完全に森林に戻る。

産業社会への転換によって生産様式、生活様式が一変した時、効率や成果を合理的に追求する思考が重視されるようになった。矛盾や破綻を嫌う第一の心は案外脆弱で、必ず何らかの支障をきたす。その支障のことをディレンマとか、パラドックスなどと呼んできた。第二の心は第一の心の脆弱さを補い、ディレンマを楽しみ、パラドックスを弄ぶ余裕を持っている。危機の時代には今までと違う思考が必要とされるが、その鍵を握るのが、第二の心であり、夢見る能力である。偉大な科学的発見も、芸術の成果も第二の心の奥底から立ち上がった妄想の産物なのである。

公園のベンチに放置された割れた眼鏡、地下鉄の出口に捨てられた折れた傘、コーヒーの飲み残しと口紅の跡、地下道の水たまり、抜けた睫毛、他人の思い出し笑い……それらを目にした途端、自動的に連想機能が作動する。それらと似ているものに置き換えたり、別の何かと重ね合わせたり、全く違うものを対置したりしながら、イメージを自由に展開し、飛躍させる。同時にそれらの意味を探り、分類し、定義しようとする論理機能も働くが、奔放な連想をつないでゆく快楽の方が勝る。意識は言語の文法や統辞法、論理とともに立ち上がるが、心の活動の中で意識が占める割合はごくわずかだ。心はもっと複雑かつ多様な活動体であって、意識の向こうに広大無辺な無意識の領域が広がっている。

散歩は無意識にアクセスする運動である。散歩の途中で遭遇する雑多な現象とイメージをきっかけに私たちは妄想の翼を広げる。散歩ほどクリエイティブな営みはない。暇と退屈をもっぱら散歩に費やすことから得られる利得は思いのほか大きい。

主な参照、引用文献

『暇と退屈の倫理学』國分功一郎　新潮文庫
『目的への抵抗』國分功一郎　新潮新書
『オイディプス王』ソポクレス　岩波文庫
『ロレーナ：サンダル履きのランナー』ファン・カルロス・ルルフォ監督
『人体600万年史――科学が明かす進化・健康・疾病』ダニエル・E・リーバーマン　早川書房　上下巻
『ネアンデルタール人は私たちと交配した』スヴァンテ・ペーボ　文藝春秋
『夜と霧』ヴィクトール・E・フランクル　みすず書房
「秋と漫歩」萩原朔太郎　『廊下と室房』第一書房所収
「歯車」芥川龍之介　『河童・或阿呆の一生』新潮文庫所収
『パサージュ論』ヴァルター・ベンヤミン　岩波文庫
『濹東綺譚』永井荷風　岩波文庫
『小説作法XYZ――作家になるための秘伝』島田雅彦　新潮選書
『彼岸過迄』夏目漱石　新潮文庫
『日本近代文学の起源』柄谷行人　講談社文芸文庫

『武蔵野』国木田独歩　岩波文庫
『武蔵野夫人』『野火』大岡昇平　新潮文庫
『幻化』梅崎春生　新潮文庫
『食生活雑考』宮本常一著作集24　未來社
『闇市』マイク・モラスキー編　新潮文庫
『呑めば、都——居酒屋の東京』マイク・モラスキー　ちくま文庫
『洲崎パラダイス　赤信号』川島雄三監督
『世界で最初に飢えるのは日本——食の安全保障をどう守るか』鈴木宣弘　講談社＋α新書
『カタストロフ・マニア』『ニッチを探して』島田雅彦　新潮文庫
『パンとサーカス』島田雅彦　講談社
『イタリア紀行』ゲーテ　岩波文庫　上下巻
『アースダイバー』中沢新一　講談社
『カオスの娘』島田雅彦　集英社文庫
『東海道中膝栗毛』十返舎一九　岩波文庫　上下巻
『好色一代男』井原西鶴　島田雅彦訳　河出文庫
「ヴェニスに死す」トーマス・マン　『トニオ・クレーゲル　ヴェニスに死す』新潮文庫所収
『日本奥地紀行』イザベラ・バード　平凡社東洋文庫
『雪国』川端康成　新潮文庫
『芭蕉　おくのほそ道』松尾芭蕉　岩波文庫

構成／篠原諄也

著者略歴

1961年生まれ。作家。法政大学国際文化学部教授。東京外国語大学ロシア語学科卒。1983年『優しいサヨクのための嬉遊曲』でデビュー。『夢遊王国のための音楽』で野間文芸新人賞、『彼岸先生』で泉鏡花文学賞、『退廃姉妹』で伊藤整文学賞、『虚人の星』で毎日出版文化賞、『君が異端だった頃』で読売文学賞を受賞。近作に『空想居酒屋』『パンとサーカス』『時々、慈父になる。』など。2022年紫綬褒章を受章。

ハヤカワ新書　021

散歩哲学（さんぽてつがく）
よく歩き、よく考える

二〇二四年二月二十日　初版印刷
二〇二四年二月二十五日　初版発行

著者　島田雅彦（しまだまさひこ）
発行者　早川浩
印刷所　中央精版印刷株式会社
製本所　中央精版印刷株式会社
発行所　株式会社　早川書房
東京都千代田区神田多町二ノ二
電話　〇三 - 三二五二 - 三一一一
振替　〇〇一六〇 - 三 - 四七七九九
https://www.hayakawa-online.co.jp

ISBN978-4-15-340021-4 C0295
©2024 Masahiko Shimada
Printed and bound in Japan
定価はカバーに表示してあります
乱丁・落丁本は小社制作部宛お送り下さい。
送料小社負担にてお取りかえいたします。
本書のコピー、スキャン、デジタル化等の無断複製は
著作権法上の例外を除き禁じられています。

未知への扉をひらく

「ハヤカワ新書」創刊のことば

誰しも、多かれ少なかれ好奇心と疑心を持っている。

そして、その先に在る納得が行く答えを見つけようとするのも人間の常である。それには書物を繙いて確かめるのが堅実といえよう。インターネットが普及して久しいが、紙に印字された言葉の持つ深遠さは私たちの頭脳を活性して、かつ気持ちに余裕を持たせてくれる。

「ハヤカワ新書」は、切れ味鋭い執筆者が政治、経済、教育、医学、芸術、歴史をはじめとする各分野の森羅万象を的確に捉え、生きた知識をより豊かにする読み物である。

早川　浩